# 幾句話

寫了四十多年小說，論者將拙作分為三個時期：早、中、晚。在明窗出版的一批，屬於早期和中期的上半。三個時期的創作風格有相當程度的不同，所以風評不一。本人並無偏愛，但讀[illegible]作品，頗有好評，大抵是由於在早、中期作品之中，主要人物精力充[illegible]，所以使故事曲折多變，小說也就格外吸引。明窗出版社此次重新[illegible]，正好讓大家來證明這一點。

四十餘年來，新舊讀友不[illegible]能有新讀友，不亦快哉！

倪匡

二〇〇五年十一月六日

U0130406

# 序言

無性繁殖生命又創造了奇蹟，不但能複製生命，而且能使複製人有思想，不但可以有原來的記憶，而且可以注入新的記憶——所以，一個死在一千五百多年前沙漠上的一個遊牧部落美女金月亮，就可以在現代復活，而且完全適應現代生活。

這個故事上下縱橫，人物更是眾多，有唐朝的長安大豪，有無依的弱質少女，有被出賣的青年才俊，有馳騁沙漠上的匈奴大盜，差不多全是武俠小說中的人物，關係複雜之至，故事也因之更加多元化，在衛斯理故事中較為罕見。

自然，最值得注意的是自稱「天國」的那批白衣女人，她們的身分神秘，行為詭異，其間的來龍去脈，衛斯理和白素自然不肯放過，作了努力的追查——顯然在整個故事之中，兩人實際出場的時間不多。

至於那個近乎完美，什麼都知道的，來自勒曼醫院的古怪醫生，只怕真有點異常的古怪，宜進一步發掘。

自然，故事也表現了人若是絕對以自我為中心，思想方法和行為，就會十分可怕。

衛斯理（倪匡）

一九八九年九月三十日

# 目錄

# 第一部

# 誓言的種種

罰誓，是一種人類行為。其他的生物，如雞鴨鵝，馬牛羊，螻蛄蚱蜢土蜂，蚶子海豚烏賊，大抵都不懂得什麼叫作罰誓。

罰誓的形式十分多，但不論是什麼形式，都脱離不了一個最重要的原則，那就是在整個行為過程之中，必然先有一番聲明，然後，再説明如有違背這個聲明的，會有什麼樣的結果，又然後，請一種或多種認為有執行作用的力量，作為見證，那樣，整個罰誓的過程，就完成了。

聽起來好像很複雜？

是的，很簡單的事，如果理論化起來，就會變得十分複雜，看得或聽得人頭昏腦脹，以為自己的智力有問題，説穿了，卻人人皆明。

舉兩個例子來説明罰誓的原則和過程。

例子之一：皇天在上，后土在下，我王小毛罰誓不會對張小娟負情，如果見異思遷，罰我不得好死。

這樣的誓言，就包括了前述的「三大原則」了。

例子之二：如今的法庭上，尤其是西方的，也都要手按在聖經上起誓。雖然沒有了違誓之後要接受什麼懲戒的聲明，但結果是人人皆知的，「發假誓」可使人銀鐺入獄。西方人比東方人注重實際，把人間的法律，替代了原來虛無縹緲，寄望於神明力量來執行誓言。

東西方的作風，雖然略有不同，但是在本質上來說，卻是一樣的。

罰誓這種人類行為之所以存在，自然是為了人與人之間的溝通，是一種間接溝通——一個人永遠無法知道另一個人心中真正在想些什麼，為了取得對方的信任，就有了罰誓這種行為。在信誓旦旦之下，對方自然會比較容易相信。而且，許下的違誓懲戒，愈是嚴厲，取信對方的程度，也就愈高，這就有了所謂「毒誓」。

凡是毒誓，向神明表示自己違誓之後的懲戒，大都血淋淋，恐怖殘酷，兼而有之，甚至有的大悖常理，匪夷所思，東方人對這一點，最優為之，滅絕師太迫周芷若起的毒誓之中，亦有「生男的世世為奴，生女的代代為娼」之句，叫人不寒而慄。

其他諸如「斷子絕孫」、「不得好死」、「七孔流血」、「死無葬身之地」，乃至「仆街冚家剷」之類，無不極盡懲戒可怕之能事。

不論在古代還是現在，當一個人罰誓的時候，所說的話，可靠程度是多少呢？

答案是：從〇到一百——有可能所說的全是謊言，也有可能全是真話。

絕無可能在一個人罰誓時的誠懇態度，和所許下的血淋淋的諾言上，判斷這個人的話的真實程度。

因為，罰誓的人所提出的監督力量，無論是「皇天后土」也好，是「觀世音菩薩」也好，或者是臨時抓伕的「過往神明」，對於被提名為一個誓言的監察執行人這一點，似乎都沒有什麼興趣，執行並不認真，或根本就不去執行，或只是罰誓人的一廂情願，神明根本就沒有承諾接受委託。

在這樣的情形下，自然是不論什麼誓言，都不起作用了。罰誓的人，尤其是罰毒誓的人，都很明白這一點。

所以，在現實生活中，若是忽然有人舉起手來，神情莊重，宣稱「如果不是那樣這樣，出門就給車撞死」之際，他絕未曾想過真的會被車撞死這種事真的會發生。

這種行為，自然是對他所提及的神明的一種侮辱，如果忽然神明的力量降臨了，也很有可能會使他的誓言，變成真實的。

所以，誓言，尤其是毒誓，如果不是真的想那樣的話，最好不要亂開口——世界上的事，都有萬一，罰了一千個誓，九百九十九個沒有應驗，一個應驗了，也就夠瞧的了，誰叫你罰的是毒誓。

所以，有些人，特別是古代人（古人比較更相信神明的力量），不是很輕易罰誓的，誓言的可信程度也比較高。就算是明知自己發誓的時候，也必然有一些小動作，來消滅或表示自己說的不是真心話。例如著名的通俗小說《七俠五義》之中，有一個機智狡猾的人物，外號「黑妖狐」的智化，一面和人共同發誓，說如何如何的時候，腳就在地上，畫了一個「不」字，表示他所起的誓言是假的，不能當真。

在那樣的情形下，就算有「過往神明」，接受了監察的委託，也不能懲罰他了。

任何誓言的最後結果如何，誰都不能預測，因為誰都不知道以後會發生什麼事。

不論以後會發生什麼事，會發生的都會發生，不會發生的都不會發生。

看來又像是廢話了。

可不是麼，一部《紅樓夢》，也不過是「滿紙荒唐言」而已，閒話少說，且看看《毒誓》這個故事講的是什麼。

## 第二部

# 神秘的匕首

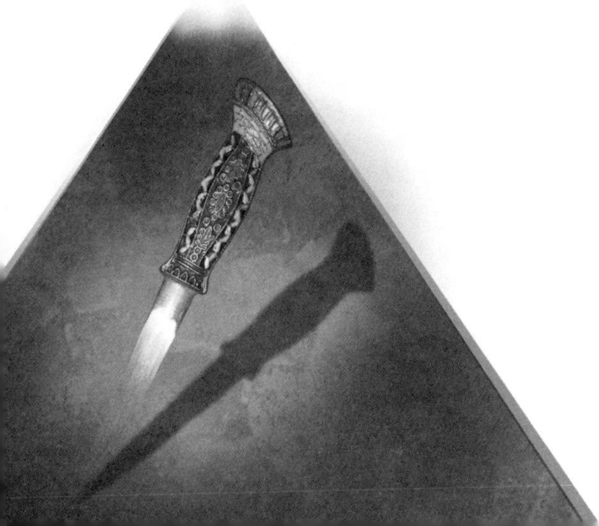

裴思慶的手在發着抖，一柄晶光閃亮的匕首，被握在發抖的手中，自然也在輕輕地顫動，精光流轉，看來一柄匕首，比裴思慶本人，更有生氣。

在那場大風暴之後，裴思慶顯然一天比一天更接近死亡，他明白這一點，仍和他在一起的同伴，也明白這一點，在天空上盤旋的兀鷹，當然比誰更明白。

裴思慶舔了舔乾裂的口唇——在這樣面對死亡的情形下，殺駱駝，是加快死亡呢？還是延遲死亡？

不殺駱駝，是不是有希望可以逃出生天呢？

他們已經殺了三匹駱駝，事實證明是，三匹駱駝的血和肉，使他們在這茫茫的、一望無際的沙漠之中，多存活了十天。現在，只剩下最後一匹駱駝了！

那匹駱駝，正溫順地伏在地上，只要主人一聲吆喝，牠就會立刻站起來，聽候主人的差遣，當裴思慶手中鋒利的匕首，接近牠的脖子時，牠連眼也沒有眨動一下，顯然，死亡對牠來說，不算什麼。

裴思慶沒有立即下手，他的思緒亂極了，極濃極稠的汗，自他的額上蜿蜒而下，使他的視線有點模糊，所以他索性閉上了眼。

從他帶領了一個駝隊逃入沙漠開始，他就覺得沙漠，在柔順的時候，潔白的沙粒，簡直和天上的白雲，沒有什麼分別，可是，在大風暴之中，每一顆細小的沙粒，就是一個魔鬼，魔鬼的惡靈，附在沙粒之上，可以做出任何可怕的事情來。

浩浩蕩蕩的一個駱駝隊，兩百八十八匹精選的駱駝，攜帶着各種各樣的貨物，主要的是出自許多巧手精心織出來的各種絲綢和織錦，也有很多很多，在遙遠的西方受歡迎的貨物，開始西征，在出發的時候，每一個人的心中所想的只是：一年之後，駱駝隊滿載而歸的，會是黃金白銀、金剛石貓兒眼，和來自遙遠西方的各種財貨，價值會是他們出發時的十倍！

路雖然遙遠，一路上也會有這種那種的困苦，可是十倍的利藪，足以驅使人們長途跋涉的了。

裴思慶這個長安市上數一數二的大商家，已經是第三次走這條路了，他知道，最順利的情形，也至少要一年，才能回來。所以，當他離開他的華宅之際，曾一再擁吻他心愛的妻子和兒女，並且暗中立下誓言——在他策馬離開，回頭望向那宏偉的大門和巍峨的大宅時，他對自己說：這是最後一次了！夠了，不必再離鄉別井，拋棄溫暖的家庭去為了積聚財富了！

可是，當他這樣想的時候，忽然想起，上次在同樣的情形之下，他好像也有過同樣的想法，他不禁有點紊亂，於是就把馬策得更快，以驅除心裏的煩擾。

在長安，裴思慶不但是大商家大富豪，而且極具俠名。他本身也武藝超群，接近中年，可是矯健如豹，他擅使一柄匕首，可是見過他這柄匕首的人卻一個也沒有，他絕不輕易拔匕首出鞘，除非到了他需要殺人的時候。

而當他要殺人的時候，那人也就沒有什麼逃生的可能，所以，見過他那柄匕首的人都死了。

除了他自己之外，可以說沒有人見過他那柄匕首是什麼樣子的，連柔娘也沒有例外。

柔娘，就是裴思慶的妻子，有關她的一切，後文自然會詳細介紹。連柔娘都沒有見過，別人更自然更不能見了。有一天晚上，大風雪，裴思慶從一家鏢局子，和幾個鏢行中的朋友豪飲回來，一進屋子，一股暖氣撲面，他一下子摔脱了深紫色的大氅，大氅上的積雪，一落地，就化為水珠。柔娘照例急急自內堂迎出來，把他迎進去。大宅每進一進，溫度就提高一點，到處都是散發熾熱的炭盆，炭火閃爍着，使嚴寒變得溫馨。

到了臥房，裴思慶早已脱下了靴子，換上了軟鞋，他把腰際所繫的匕首，解了下來，像每天晚上要做的一樣，他把匕首按在心口，閉上眼睛一會。

柔娘當然知道，在這個短暫的時間之中，他一定在想些什麼，可是她卻不知道他在想什麼。

任何女人的好奇心都十分強烈，柔娘算是不平凡的了，可是也不能例外，她曾問過：「你把匕首按在心口，在想什麼啊！」

一次，兩次，裘思慶都沒有反應，像是根本沒有聽到柔娘的問題。

第三次，他陡然睜開了眼，直視柔娘，雙目之中，精光四射，嚇得柔娘急急後退時，一個站不穩，坐跌在地，而他竟然視若無睹，並不過來攙扶她，而重新閉上了眼睛。這才使柔娘知道，這個問題是不能問的！她是一個聰明的女人，果然，再也不曾提過。

可是不提，並不等於不想知道。這時，她看到裘思慶又把匕首按在心口，在燭光的照映之下，裘思慶有了酒意的臉，看來格外英俊，也許是柔娘眼花了，也許是匕首鞘上的多色寶石，在燭光的照射下所發出的反光，裘思慶的臉上，看來有一層寶光，在隱隱流轉。

是的，那匕首的鞘上，鑲滿了寶石，藍的深邃如海，紅的嬌艷如血，綠的翠嫩，白的耀眼，那些寶石，每一顆都價值連城——可是裘思慶曾不止一次地對別人說：再多十倍的寶石，換我這柄匕首，我也不換。

柔娘這時，心中又無可避免地產生了一股妒意，自從那次，她被裘思慶的目光逼得摔了一跤之後，她忽然有了一個想法：這柄匕首，他看得比對待她還重，是不是一個女人送給他的呢？

柔娘記得，在他第一次西行歸來之後，就有了這柄匕首，是不是一個西方女子送給他的？

她聽他說起過西方的女人，眼珠綠得像胡貓，頭髮像是極幼的金絲，豐腴得叫男人昏暈，輕歌曼舞的時候，就像是天魔下凡。

會不會是這樣的一個西方女子送給他的匕首，所以他才那樣寶愛？

當一個女人的心中，產生了妒意的時候，她就會有怪異的行為，柔娘也不能例外。

那時，她好幾次想伸手，自他的手中，把那柄匕首搶了過來。可是實際上，她卻坐在那裏，一動也沒有動過！雖然妒意像毒蚊一樣咬噬她的心，可是她也知道自己若是那樣做了之後可怕的結果。

她知道，雖然他對她輕憐蜜愛，可是也絕不是言聽計從，而且，誰都知道，長安的大豪裴思慶，愛一個女人是一回事，叫他聽一個女人的話，又是另一回事。在大豪傑大俠士的心目之中，女人似乎是另一種人，女人可以柔順貼伏，可以嬌嫩動人，但是絕不能在男人面前出主意裝手勢，干涉男人的事務。

這種事，柔娘聽得多了：柳大俠由於一劍之恨，先手刃了心愛的女子，然後才進入深山，專心練劍，三年之後，雪了一劍之恥，才在被殺的女子墳前，痛哭三日，削髮為僧；楊大俠為了表示自己的義氣，把妻妾全都殺了，因為她們曾知道一些不應知道的秘密……

裴思慶是大豪傑，行為也就和別的大豪傑一樣，女人在他們的心目之中的地位如何，柔娘的心中有數，所以她一動也不敢動。

等到裴思慶又睜開眼來，柔娘才伸出雙手——經常這個時候，他會把匕首交在她的手中，由她捧着，小心地放在他的枕頭之下。

裴思慶把匕首放到了柔娘的手中，柔娘竭力使自己的聲音聽來自然，裝成絕不經意地問，雖然這個問題剛才在她的心中，已想了千百遍。

她道：「這匕首是什麼人送給你的吧！」

裘思慶也聽來像是不經意地「嗯」了一聲。

柔娘的語聲之中帶着笑，聽來十分輕柔動人：「一個女人？」

裘思慶沒有發出任何聲音，也沒有望向柔娘，柔娘把語聲中的笑聲擴大，聽來更叫人心醉：「長安市上，都說裘大俠的這柄匕首，鋒利之至，可笑我竟沒有見識過，看看是不是吹毛斷髮。」

她說着，仍然是滿面笑容——裘思慶的神情再威嚴，可是和她一起閨房調笑，有的時候，也和小孩子一樣，十分聽話，當他把自己的臉，埋在她胸前的時候，看來和她的孩子也沒有什麼分別。

所以，當她這樣說着，同時，想把那柄匕首拔出鞘來的時候，她絕不懷疑，以為自己一定可以看到那柄匕首，究竟鋒利到什麼程度的。

可是她錯了！

儘管她是在話說到了一半的時候，就有動作，可是裘思慶的反應，還是快得出奇，她還未曾發力，就倏然驚呼，雙手的手腕，皆如突然被加上了一道燒紅了的鐵箍，在她的驚呼聲中，她的雙手，像是不再存在，手中的匕首，自然也落了下來。

匕首沒有落地，甚至沒有落到牀上，因為裴思慶的出手快絕，立刻縮回手來，接住了那柄匕首。

柔娘心中駭絕，望着自己的手腕，身子僵硬如同木石。她看到自己的手腕之上，有兩道深深的紅印，直到這時，從指尖起，才開始有了一陣陣麻木的感覺，使她知道自己的雙手，還聯在手腕之上。

她用十分緩慢的動作，縮回雙手來，等待着丈夫的責罵。

可是裴思慶並沒有罵她，只是在把匕首放到了枕下之後，用十分平板的聲音道：「匕首是兵器，兵器出鞘是凶事，千萬別再試了！」

這時，刺麻的感覺，傳遍了柔娘的雙手，她垂着手，大聲答應着：「是。」

這件發生在臥房中的事，不知怎麼傳了出去，或許根本沒有這件事，只是由於裴思慶有這樣的一柄匕首，所以就有人編了這樣的一個故事出來。不管情況如何，裴思慶有這樣的一柄匕首，卻是人人都知道的事。

自然，在人如流水車如龍，繁華熱鬧的長安市街頭巷尾，當市井之徒津津有味地提到大豪裴思慶的匕首之時，絕不會想到這樣的匕首，有朝一日，會用來殺駱駝，而且，還會猶豫不決，舉起了匕首來，難以下手。

裴思慶用這柄匕首，從來也沒有猶豫過，好幾次，和他決戰的敵人，連匕首是什麼樣的都未曾見到過，精光一閃，就此喪命。

就算在這之前，他殺第一匹駱駝的時候，他也沒有猶豫過，他的決定極其果斷，雖然當時有一個年老的嚮導竭力反對。

那終年在沙漠之中生活的老嚮導和裴思慶相識非止一日，幾次走這條路，都有這位嚮導參加，雖然這時裴思慶自己，也有資格當嚮導了，但是他深知沙漠變幻無常，帶一個有經驗的人在身邊，總是好事。

走在這條路上，總有這個老嚮導在。

（裘思慶自然不知道，駱駝隊走的這條路，後來被稱作「絲綢之路」，他只知道，這條路，只要走一遍，就可以使財貨的價值，增加十倍。）

當他第一次決定殺駱駝的時候，老嚮導用發顫的聲音勸阻：「東家，駱駝殺不得，只有駱駝，才能帶我們出沙漠，才能帶我們逃生。」

裘思慶當然知道，在沙漠之中，人求生的能力，和駱駝相比，相差太遠了。這種柔順的成熟大物，不但在沙漠上可以撒開大步奔跑，而且能忍飢耐渴，更有在沙漠中尋求水源的天然本領，人在沙漠之中沒有了駱駝，成為沙漠中隨處可見的白骨的可能性，就大大提高。

可是當時，他還是一手推開了那老嚮導，一手「錚」地一聲響，彈出了他那柄著名的匕首，先向上舉了一舉。

當時的情形是，他的駱駝隊，還餘下了二十來個人，和四匹駱駝，那二十來個人都跟着他從長安出發，自然也都知道他有一柄人人傳誦的匕首。

直到這時，他們已身處絕境許多天了，絲毫沒有可以脱險的迹象，人人心頭都蒙着死亡的陰影之際，居然開了眼界，看到了這柄匕首。

當時是一個下弦月的深夜——沙漠上本來就十分寒冷，和白天的悶熱，一天一地，匕首高舉，所帶起的那一股寒光，更令得所有看到的人，都不由自主，機伶伶地打了一個寒顫。

然後，精光一閃，他身邊的一匹駱駝，發出了一下悲痛的呼叫聲，慢慢地倒了下來。另外三匹駱駝，像是知道牠們的同類發生了什麼事，也發出了幾下悲呼聲來。

自然，立刻有人過來，用皮袋盛起了汩汩流出來的熱血，先把一皮袋熱血，捧到了他的面前，他只喝了一口，就揮了揮手，吩咐輪流去給別人喝：「先給……最虛弱的人喝。」

在喝下這些熱血之前，他已經有三天，足足三天，未曾有水進口了！要不然，他怎麼會下手殺駱駝？他怎會不知道駱駝在沙漠中的價值？

而在喝下了這一大口熱血之後，他的喉嚨，更像是火燒一樣地難過，乾裂的口唇更乾，甚至他可以聽到自己口唇開裂的「啪啪」聲。

可是他知道，難過管難過，他的生命，在再喝下幾大口熱血之後，在吃了駱駝肉之後，可以繼續維持下去。

他們還有三匹駱駝。如果說在沙漠之中，駱駝可以帶人出險境，找到水源的話，那麼，四匹駱駝和三匹駱駝是一樣的。

一切，自然都由那場莫名其妙的大風暴所造成的。一點迹象也沒有，事先真的一點迹象也沒有，等到知道不對頭的時候，已經遲了。

從早上開始，駝隊一直好好地在行進，裘思慶在駝隊的中間，騎在一匹雕鞍齊全的駱駝上，整個駝隊，都以比正常略快的速度，在沙漠中行進。

到了下午，經過了中午的休息，全隊幾百個人，個個都精神抖擻，然後，忽然有人叫了起來：「老鼠！那麼多老鼠！看老鼠！」

人人都看到了，成千上萬，灰褐色的沙漠鼠，翻翻滾滾，潮水一樣，向前湧過來。

那是災變的景象——裴思慶雖然沒有經歷過，可是卻聽説過，在沙漠上，一有異常的現象，全是災變，都要立刻防禦。

所以，他立即一聳身，站了起來，大聲叫：「立即停止，準備應變！」駝隊的領隊，都是在沙漠中討生活的人，知道如何應變，他們會在最短的時間內，令駱駝伏下，圍成一圈，把人圍在中間，人也伏下來，一般的風暴，都可以躲得過去。

可是這一次大風暴，卻沒有給他們這樣做的機會，他的話才叫到一半，就看到了一個怪不可言的景象。

裴思慶看到，不知道有多少隻老鼠，竟然疊成了一個個大圓球，在向前滾動着，每一個大圓球，足有三尺高下！

這是什麼樣的怪異！裴思慶不由自主大叫了一聲，可是他自己也沒有聽到這下叫聲。因為強風的呼號聲已經蓋過了他的那一下呼叫！

# 第三部

# 人的命運由自己主宰
# 還是由天主宰？

狂風突如其來，事先一點迹象也沒有，如果説有的話，那只是奇異地團成一大團的老鼠團，向前滾動的速度上升之快，可能是已受着狂風來臨之前的氣流所推動之故。可是人的感覺遲鈍，竟然未能感覺出來。

不過，就算感覺了出來，早半炷香的時間知道了會有那麼可怕的強風吹來，和現在強風的突如其來，也不會有什麼分別。

因為風勢實在太強了——颳過來的，不像是風，而像是一座山，正以排山倒海、鋪天蓋地之勢，向前壓了過來。

對了，或許事先另一個警告大風暴即將來臨的迹象，也是那些疊成了三尺高的大團老鼠提供的，當許多鼠團在飛快地向前滾動之時，裹在鼠團外層的老鼠，忽然都在滾動之中，向天上飛了起來，飛得極高，發出刺耳的尖叫聲，以至在那一剎間，老鼠看起來不像是老鼠，像是成群的蝙蝠。

老鼠怎麼會飛上天空呢？整個駝隊的人，目光都為之吸引，有幾個經驗老到的人，正待發出最嚴厲的警告時，狂風已自他們的背後發生了。

所以，整個駝隊，絕大部分的駱駝，連伏下來的機會都沒有，這就使得大風暴過後，損失特別慘重。只有四匹駱駝留了下來。

那四匹駱駝之所以能留下來，也全靠了那個最高經驗的老嚮導——就是後來，裴思慶開始殺駱駝的時候竭力反對的那一位。這位老嚮導並沒有像別人一樣去看滾動的老鼠團，也沒有去看飛上天的老鼠，而是爭取了極短的時間，令得四匹駱駝，及時伏了下來。

他知道，巨大的災禍立刻就發生，老鼠並不是自己飛上天，而是被氣流湧上天去的，這種氣流，就像海中的暗流一樣，看不見摸不着，可是都能把許多東西都捲上天去。

老鼠十分明白這一點，牠們之所以忽然團成了一團，就是為了要對付這種氣流——如果牠們仍是漫地亂竄，每一隻老鼠，都會被捲上天去。而如果牠們團成了一團，在外層的紛紛被捲上天之際，被裹在中心的，就有可能超脫大難，逃出生天。

裴思慶是後來才明白這一點的，他所想到的是，連老鼠也知道犧牲一部分，保留一部分，比全部犧牲更好的道理，而且，也未見老鼠爭先恐後地要成為可以保命的那一部分，牠們只是自然而然地團成了一團。

如果是一大群人呢，會是什麼樣的情形？人當然不能和老鼠相提並論，老鼠只不過是老鼠，死上一千頭一萬頭老鼠，老鼠還是老鼠。可是人是人，人命關天。

當裴思慶後來想到「人命關天」的時候，他又進一步地想到，人的命運，是由自己主宰，還是由天來主宰的？

他率領那麼盛大的一個駝隊，從長安出發之後，也曾沐浴焚香，在神明之前拜祭，擇定了出發的上上吉日。可是，就遇上了這場大風暴。

如果早一天出發，或是遲一天出發，自然可以躲得過去，是他選擇了這一刻，還是老天早就有一場這樣的大風暴在等着他，使他根本躲不過去？

當然，後來再想這種問題是後來的事了，當時，連想的時間都沒有，真正沒有，一切都來得太快了。

先是在大群飛向天上的老鼠尖叫聲中，身後傳來了一陣聽來十分空洞，但是又十分猛烈的轟轟聲，像是人人都置身在一個火爐的火膛之中，聽着火在燃燒一樣。等到人人都轉過身來時，大風暴已經來了。

單是狂風，或許還不那麼可怕，可怕的是，大風暴是發生在沙漠上，所以把可以捲颳起來的沙粒，都帶了起來，而且又給予每一顆沙粒以強大的力量。

一座無窮無盡、巨大無比的黃色的山，帶着震耳欲聾的聲響，就這樣壓了過來。

四匹駱駝，在事前一剎那伏了下來，連裘思慶在內，約有二十多個人，在這四匹駱駝旁邊的，也自然而然，飛撲向下，有的抱住了駱駝的腿，有的拉住了駱駝的尾，有的攬住了駱駝的頭，總之，都固定在四匹駱駝的附近——像團成了一大團的老鼠團一樣，形成了一個整體。

而其他的所有的人，都沒有這樣的幸運，大沙暴以雷霆萬鈞之勢壓過來的時候，他們第一件想到的事，是要和駱駝在一起——那是非常自然的，在沙漠中，不論發生什麼變故，和駱駝在一起，是不會錯的。

所以，所有的人，都各自拉住了身邊的駱駝，有的緊抱住駱駝的頸，有的摟住了駱駝的韁繩，有的緊扳住駱駝的硬木鞍。

可是所有人都忘記了一點，駱駝並沒有伏下來，都是跑着的，在那樣空前的大風暴之前，駱駝在沙漠中求生的本能似乎也消失了！

所有的駱駝都突然發足狂奔，四下亂竄，和剛才急速流動的老鼠團一樣，一下子，就完全淹沒在狂風暴沙之中，連呼叫聲都沒有發出來——發出了呼叫聲，也聽不到。看到過烈火燒薄紙沒有？火舌一捲，就那麼一下子，薄紙就成了灰。

那兩百八十四匹駱駝，一百二十多個人，被風暴捲到哪裏去了，再也沒有人知道，或許，已被壓到了幾十尺深的沙層之下，或許，被捲上了天，就在天上被億萬沙粒擠化了，或者，捲出了千里之外，甚至，捲到了天香國去，再在落下來的時候，身體已和億萬沙粒，混為一體。

四匹駱駝和二十來個人，奇蹟地活了下來，一開始，他們不但覺得身上有沙壓下來，也覺出身下，有沙在湧起來，雖然他們緊伏着不動，可是身子卻左搖右擺，像是正處於急流中的小船一樣！

他們的確是處在一處急驟的沙流之上，狂風會在海上引起巨浪急流，也能在沙漠上引起沙浪和沙流。

沙浪自沙漠上湧起，把他們原來所伏的地方，托高了好幾十尺，那使得他們免於被壓下來的沙子蓋住，不至於埋身沙下。

沙流就以極高的速度帶着他們，向不可測的方向湧進。沙流和河流多少有點不同的是，河流的河水，流向何方，在何處盤旋，在何處一瀉千里，都是由地形來決定的。可是沙流，卻由風來決定。風向北吹，它就向北流，向西吹，它就向西流，風是旋風，沙流也就打轉。所以，它永遠是順風向的。

沙流的速度雖然不如風速快，可是由於它順風而流，自然也在一定程度上減輕了暴風的壓力，這也是四匹駱駝和二十來個人，終於能在暴風過去之後，仍然活下來的主要原因。

大風暴說來就來，也說停就停。才一停止的時候，所有人一點知覺也沒有。最先恢復知覺的，自然是裴思慶，因為他有深厚的武功根柢。

裴思慶的感覺是，大風暴一起，自己就像是被投進了一個洪爐之中，爐火一直在他四周圍熊熊燃燒。所以當他發現自己居然沒有被燒成灰，居然手腳和身體還在一起，居然睜開眼來還可以感到光亮，喉間感到乾渴，身上感到刺痛之際，他着實發了一陣呆，不知道發生了什麼事，也不知道自己是在一個什麼樣的處境之中。

然後，他陡然明白了，他明白自己已經逃過了大難，並沒有死在大風暴之中。

他想張口大叫，可是卻一點聲音也發不出來，這時，他才發現自己的口中，滿是沙子。沙子不但填滿了他的口，好像還一直塞到了咽喉。他先是吐，後來是嘔，都無法把沙子弄乾淨。

而且，他也不是一睜開眼來就可以看到東西的，他只是感到了光亮和一陣刺痛，眼皮之下，也全是沙子，他要小心地揉着眼，就着湧出來的淚水，才能把眼中的沙子，慢慢地擠出來。等到他可以朦朧地看清楚眼前的情形時，他所看到的人，都在吐着口中的沙子，四匹駱駝，正在晃着頸，大口噴着氣，在牠們噴出來的氣中，也夾雜着大量的沙子。

直到這時，裴思慶才看到，自己和所有人，以及駱駝，有一半埋在沙中，他身上的衣服，只剩下了一些布條，赤裸處的肌膚，卻又紅又腫，那是給急速吹過的沙粒所造成的傷痕。

裴思慶在這時候，首先想起的，是他的那柄匕首。他勉力掙扎，使自己掙出了沙子，下半身的褲子，也幾乎成了碎片，可是腰際的匕首還在。

他把手按在匕首上，長長地吁了一口氣，又吐了一些沙粒。在這時候，他身邊也晃晃悠悠，站起了一個人來，用乾啞已極的聲音對他說：「別連唾沫一起吐出來，每一滴水，都可以救命。」

說話的是那個老嚮導。老嚮導的話，使裴思慶知道，大風暴是過去了，可是，死亡的陰影，仍然緊緊籠罩在他們的頭上。

他勉力定了定神，才用沙得自己都不相信的聲音問：「我們在哪裏？」

老嚮導緩緩搖着頭：「不知道！」

裴思慶的心向下沉，他再問：「我們還剩下什麼？」

他們浩浩蕩蕩自長安出發的時候，不但帶了足夠的清洌無比的山泉，甚至帶了足夠的美酒，更別說各種糧食和醃製得香氣撲鼻的各種肉類了。

這時，裴思慶想知道他們還剩下什麼，十分重要，有關他們的生死。

老嚮導並沒有立即回答，只是四面看看，裴思慶也跟着看。

這時，所有的人，都已經試着在掙扎站起來，每一個人都毫無例外，衣不蔽體，有幾個，甚至已是赤身露體，狂風撕走了一切，連僅餘的四匹駱駝的鬃毛都各被扯脫了一大片。

除了二十多個幾乎赤條條來去無牽掛的人和四匹駱駝之外，幾乎什麼也沒有留下，唯一留下的，怕就是他那柄匕首了！

還剩下什麼？

他低頭向匕首看了一下，鞘上的各種寶石，在陽光下有奪目的光彩。在長安，其中任何一顆都可以換一個人十年吃喝不完的食物飲料，而在這裏，換一滴水都換不到。

裴思慶看到已從沙中掙扎出來的人，正踉蹌地向他和老嚮導靠攏來，他發出了第三個問題：「別的人呢？都上哪裏去了？」

老嚮導沒有出聲，只是伸手指了指天。

他的意思十分明白，這個問題，只有老天才可以回答得出。

裴思慶才從死裏逃生，就能一下子問出這三個重要的問題來，可知他的鎮定功夫，十分到家。這時，他站着，西斜的夕陽，正在他的左面，他伸手向右指了一指。他沒有説什麼，可是圍在他身邊的所有人，都發出了一陣表示同意的嗡嗡聲。

他向東指，表示回長安去，他們是從長安出發向西走的，在如今這樣的情形下，自然只有先回長安去再說了。這時，看各人的神情，都還是相當樂觀，雖然他們已經失去了一切，可是老嚮導和裘思慶還在，他們都是在沙漠中十分有經驗的人，在挫折之中，一定可以有突破的辦法，這一點，從他們望向裘思慶的眼光就可以看出來。

裘思慶卻沒有那麼樂觀，他之所以感到自己這群人的處境十分危險，並不是由於他跨越沙漠的經驗，而是他從老嚮導的眼中，看到了老人家正在竭力掩飾着的恐懼——一個人，如果努力在掩飾恐懼，那就是他感到了真正的恐懼，這一點，作為武林大豪的裘思慶，自然十分明白。他見過許多急於成名的武林人物，來向他挑戰，而面對着他的時候，就有這種神情露出來。

他十分喜歡看到這種神情，因為他知道，不論敵人的武功多麼高強，甚至大可以勝得過他的，但是只要一有這種神情露出來，只要他心中表示了真正的害怕，那麼，這個人就輸定了。

現在，為什麼老嚮導的眼神之中，會有這樣的神情顯露？是不是老嚮導有什麼預感，還是他的經驗告訴他，有什麼不對頭的地方？

他喜歡老嚮導，是因為過去兩次，不是沒有遇到過變故，他們險些陷入浮沙的沙井，也曾經歷過風暴——自然沒有這次那麼強烈，每次，老嚮導都輕鬆得聳聳肩，然後，解下腰際的羊皮袋來，喝上幾口酒，若無其事，就像是在長安街頭閒步一樣。

可是這時，他的動作也有點反常，當裴思慶注視着他的時候，看到他的手在發着抖，裴思慶也看到了，老嚮導腰際的那隻羊皮袋子，居然還在，他這時正解了下來，拔開塞子。

這是駝隊中人人都見慣了的老嚮導的喝酒動作，只是接下來，老嚮導的動作，卻令人有點沮喪。

老嚮導拔開了塞子，把羊皮袋子的口，向嘴邊湊了一湊，可是他卻沒有喝酒，陡然手腕一翻，袋中的烈酒，就「嘓嘟嘓嘟」瀉出來，落在沙子上，一下子就沒有了蹤影。

然後，老嚮導抬起頭來，聲音雖然啞，可是表面看來，卻十分鎮定，他道：「不知道什麼時候找得到水源，沒有水，喝酒會把人燒死。」他的話，使得很多人都用力點頭，「不知道什麼時候可以找到水源」這句話，在沙漠之中，自然可怕之極。

只是，在當時，還不那麼可怕。

老嚮導說完了之後，手也向東一指，他牽着一匹，裴思慶牽了一匹，把另外兩匹駱駝，交給了可靠的兩個人，牽駱駝的人都懂得，在如今這樣的情形下，不是人牽着駱駝走，是駱駝牽着人走。

人在沙漠中找水源，要看到綠洲，看到了水，才知道有水，駱駝的本領比人高得多，牠會停在一處看來和別處一樣的沙漠上，然後用蹄刨着，刨出一個坑來，看來也沒有什麼特別。

然而，就是這個特別的坑，在一個時辰或兩個時辰之後，就會被十分緩慢滲出來的水填滿。而且，水必然十分清洌，決不會鹹苦。

當四匹駱駝，二十來個人，開始向東行的時候，沙漠之上，風平沙靜，夕陽沉得更西，把人和駱駝的影子，拉得極長。

他們都走得很慢——在柔軟的沙子上行走，非但走不快，而且每走一步，都加倍吃力。老嚮導在開始走動之前已警告過所有人：不要說話，所以，一列隊伍，靜得出奇，和出發時浩浩蕩蕩，轟轟烈烈相比較，簡直一天一地，裴思慶回頭看了一下，心中所想到的是：這是死亡之旅，看來，除了走向死亡之外，沒有別的去路了。

於是，他偷偷靠近老嚮導，把聲音壓得十分低，問：「你為什麼害怕？」

老嚮導的身子震動了一下，看來他想否認，可是才搖了半下頭，就沒有動作，過了一會，他才道：「因為我從來也沒有聽說過這樣猛烈的風暴。」

他連聽都沒有聽說過，當然更沒有經歷過了。裴思慶揚了揚眉，老嚮導又道：「沙漠中有這樣風暴存在，我們遇上的，一定不是第一次。我從來也沒有聽說過有這樣風暴的原因，是因為見過這種風暴的人都死了，沒有一個能活着遇見別人，把這種風暴的可怕情形，傳述出去。」

他說到這裏，裴思慶已經十分明白他的意思了：他們也無法活着離開沙漠，無法把他們可怕的遭遇講給別人聽，世上仍然不會有人知道沙漠之中，有如此可怕的、突如其來的大風暴。

裴思慶沉默了片刻：「我們沒有希望脱困？」

老嚮導十分緩慢地搖着頭，也用十分緩慢的聲音說了這樣的話：「誰知道呢？人的命，又不是自己的，全在老天爺的手裏捏着。」

裴思慶沒有和老嚮導爭辯，可是他顯然不服氣，他兩道濃眉，倏地一揚，英氣勃勃，現出了令人望而生畏的神情，手也自然而然，按到了腰際的匕首上。在這時，他十分自然地抬頭看了天一眼。

漫天的晚霞，正由艷紅變成紫色，氣象萬千，蒼穹一直伸延開去，直到天盡頭處。裴思慶不禁大是氣餒：天是如此之大。他意氣再豪，他匕首再利，又怎能和天鬥呢？就算他能在天上刺上幾百下，天又會有什麼損傷呢？

他迅速地低下頭來，不再向天看，低着頭，一步一步向前走。

等到天色黑了下來之後，天開始冷，他們每一個人身上有的，只是被烈風撕碎了的布條，飄飄蕩蕩的布條，當然不能抵擋任何寒意，於是，老的、弱的，皮膚上都開始起了肌粟，使得裸露在外的身體，看來難看之極。夜愈是深，寒意愈是濃，每一陣微風吹上來，都像是有利刀在割裂着肌膚一樣。

如果是一個吃得飽、喝得足的身體，對於這樣的寒意，或許很容易抵禦，大不了灌幾口烈酒，也可以令得身子產生一股火燒一樣的暖意。

可是如今所有的人，都又飢又渴，怎能再抵抗寒意的肆虐？

老嚮導來到了裴思慶的身邊，聲音低得聽不見：「息一息吧。」

裴思慶點頭：「好，明天天不亮就走，早上那段時間，又不冷又不熱，最好趕路。」

於是，四匹駱駝伏了下來，所有的人，身體擠着身體，盡可能靠在駱駝的身上。這樣子才會有一點至少可以維持生命的溫暖。

在這樣的情形下，也格外顯得駱駝的重要，一匹駱駝，至少可以使靠着牠的六七個人，得到起碼的溫暖，所以，裘思慶一直到了三天之後，才想到殺駱駝，那時候，已經有六七個人，由於老弱飢渴，倒在沙漠之中，再也起不來了。

那是他們遭到了大風暴之後在沙漠的第一晚，裘思慶沒有睡，只是閉着眼，聽着自駱駝內所發出來的「咕嚕咕嚕」的聲響，聽着自己肚子中發出來的「咕嚕咕嚕」的聲響。

他想着長安，想着自己的萬貫家財，想着大宅中寶庫內的各種珍寶，想着兒女，想着柔娘。

柔娘是他的妻子，可是並不是他兒女的母親——這並不是什麼奇怪的情形，也不算奇怪的是，柔娘十分年輕，三年前被他娶進門的時候，才十五歲。

裘思慶絕忘不了那天晚上，他把燭火移近柔娘時，柔娘的神情——一雙大眼睛充滿懊惑驚疑地望着他，一個十五歲的少女，望着一個正當盛年、壯健威嚴的大豪富，所以她的眼光，恰如一頭落到了獵人手中的小鹿。

裴思慶雙手輕輕捧着她的臉，想安慰她幾句，可是卻沒有說出什麼話來，他只是輕拍着她柔嫩得出水的臉頰，告訴她：「別怕，每一個女人都是這樣的，嫁給我，已經是最好的了，你慢慢會知道。」

他也不知道柔娘聽懂了沒有，他想，她應該懂的。三年了，柔娘當然懂的。

他又伸手按了按腰際的匕首，暗嘆了一聲，那又是另外一個故事了，那個故事，甚至是他心中的禁區，他非但不讓人問，而且不讓自己想。

這時，他暗自下了一個決定，真要是沒有活路了，非死在沙漠之中不可了，那麼，在臨死之前，他一定要把這件事，再想一遍。

然後，不知怎麼熬過去的，天就快亮了。

熬過了一天又一天，一夜又一夜，不斷有人倒下去，到了三日三夜之後，裴思慶終於殺了第一匹駱駝，用啞得不能再啞的聲音告訴活着的人：「慢慢吞，一絲一絲地吞。」

沙漠中連生火的材料也沒有，可是又老又韌，生吞下去的駱駝肉，也硬是支持了人的生命。

又是三天三夜，第二匹駱駝倒地。

等到第三匹駱駝倒地時，裴思慶扯着嗓子直叫：「水源在哪裏？水源在哪裏？我們在哪裏？」

他一面叫，一面抓住老嚮導的肩頭，用力搖着，令得老嚮導的全身骨頭，發出清楚的「格格」聲。

第四部

# 最後一匹駱駝，<br>殺還是**不殺**？

老嚮導的頭軟垂着，好一會，他才吐出了三個字來：「不知道！」

過了好一會，他才忽然道：「其實，我們早已死了，想闖出沙漠去的，只是我們的幽靈。」

老嚮導的話是如此突兀，令得所有的人，都睜大了早已失去光彩的眼睛望着他，想在他乾癟的口中，得到進一步的解釋。

可是老嚮導卻只是把他剛才說的話，喃喃地重複了一遍。

一個平日最強的小伙子，這時雖然嘴唇開裂得見血，可是習慣仍然不改，他最先反駁：「鬼沒有影子，我們都有，怎麼說我們全是鬼？」

所有的人仍然望着老嚮導，等老嚮導的回答。

可是老嚮導並沒有回答，只是十分緩慢地搖了搖頭。不過，大家還是明白了他的意思，有的人低頭望着自己的影子，心中都在想：雖然還有影子，可是，和幽靈還有什麼分別呢？

曾經在沙漠中闖蕩過的人都知道，在沙漠中有十分可怕的一個傳說：所有死在沙漠中的人，幽靈仍然不斷地設法，想離開沙漠。

連幽靈都不想留在沙漠之中，可知沙漠實在比地獄還要可怕。

裘思慶也想到了這一點，他不禁打了一個寒顫，他用嘶啞的聲音叫：「別胡思亂想，這匹駱駝，至少可以使我們多活三天。」

在這樣的情形下，「多活三天」已是十分強烈的刺激，三天，可以產生無窮的希望，可以使人絕處逢生，可以使人重臨長安，可以使人在盛暑的日子，又可以慢慢地一口一口呷着經過冰鎮的、來自遙遠西域的葡萄美酒。

於是，人們又起勁地咀嚼着又老又腥的駱駝肉，喝着濃稠的駱駝血。

老嚮導蹲在一邊不動，等到裘思慶來到了他的身邊，他才指着唯一的一匹駱駝，用啞得聽不到的聲音問：「這一匹，怎麼樣？」

裘思慶一昂首：「三天之後再說。」

在當時，把一切全都推到三天之後，是因為對未來的三天，充滿了希望之故。而且，每個人都在想：三天，不算短，再走上三天，總該有新發現的。

可是三天過去了，他們仍然在一望無際的沙漠之中，三天之後和三天之前，唯一不同的是，他們的行列，又減少了六七個人。而剩下來的人，腳步也更緩慢，雖然還有影子，但是看起來，更像幽靈。

終於，面臨宰殺最後一匹駱駝的時刻了。

裴思慶揚起了匕首，卻遲遲未能刺下去——對他這個大豪來說，那是前所未有之事，在他的記憶之中，他不論做什麼事，都是想到了就做，從來也沒有猶豫過。

可是這時，為了一匹駱駝的生死，他卻遲遲下不了手，心血翻騰，就是沉不下手去。

殺了這匹駱駝，他們可以多活三四天，可是他們卻再也沒有駱駝了。

在這樣的沙漠中，沒有了駱駝，就等於死亡——他們不知被大風暴捲出了多遠——一定極遠，不然，十多天下來，他們一直在向東走，早就應該回到長安了。

或許，在大風暴過後，他伸手向東指，決定回長安去，是一個錯誤的決定。或許，那時候，他們已在沙漠的邊緣，如果向西走的話，一天兩天就可以走出沙漠，向東走，反倒逐漸走進了沙漠的中心。

或許……

或許殺了駱駝，三天之內他們自己就可以走出沙漠。

或許留下駱駝，駱駝明天就會找到水源。

或許……

裴思慶自己下不了決定，他緩緩轉動着眼珠，向其餘的人看去。

所有的人，臉上的皮膚都開裂，看起來，每一張臉上，都沒有一點生氣，每一張臉，都像是用枯木刻出來的。枯木一樣的臉上，自然不會有什麼表情，那甚至不像幽靈，只是枯木。

裴思慶最後的目光，停留在老嚮導的臉上，他發現老嚮導十分平靜地垂着頭坐着，一動也不動。一看到了這種情形，裴思慶就遍體生涼，他伸手輕輕推了老嚮導一下，老嚮導就倒了下來。

裴思慶閉上了眼睛：老嚮導死了。

在被痛苦、絕望煎熬了那麼多天之後，老嚮導終於支持不住，死了。

在這樣的情形下，沒有人會認為死亡是最後的解脫，根本沒有解脫——靈魂還得不斷掙扎着離開沙漠：沒有人知道靈魂在沙漠中掙扎想離開的情形是怎樣的，可能遠比身體想離開輕鬆，也可能遠比身體想離開更加痛苦。

老嚮導一倒下，所有的人，都不約而同地站了起來，連那最後一匹駱駝，也像是感到了有更大的不幸快要降臨，所以也站了起來。

就在這時候，裴思慶甚至不是有了決定，而只是腦門子裏陡然傳來了「轟」地一聲響，老嚮導的死，刺激得他非要有些行動不可，所以他一現手，匕首已插進了駱駝的脖子。

而且，他出手快絕，目光之下，只見匕首的精光閃耀，跳動，流轉，像是許多妖魔精靈，在圍着駱駝打轉，在電光石火之間，他在駱駝的身上，刺了十七八下。

然後，他俯首，吮住了駱駝頸部的那個傷口，大力地吮吸着。

其餘的人，根本不必他再說什麼，也紛紛撲了上去，各自咬住了一個創口，拚命吮吸着。

奇怪的是，龐然大物的駱駝，竟然並不走避，只是木然地站着，任人荼毒。看牠的樣子，牠像是想伸過頭去，拱一拱已死的老嚮導。

可是牠已無力做到這一點，就在牠的頭盡量向老嚮導伸過去時，牠緩緩地倒了下來。

在那一剎間，所有正在吮吸着駱駝血的人，都停止了他們吸血的動作，望着倒地的駱駝，有的人，甚至手足無措地揮舞着雙手。

裘思慶在這時刻，保持着他大豪的本色，他悶聲喝：「一滴都別剩，靠它活命了！」

靠它活命了！可是能活多久，沒有人知道。

裴思慶終於殺了最後一匹駱駝，以後的事態發展會怎麼樣，全然無從預料。也或許，殺或不殺，最後的結果，都是一樣：死亡。

這一夜，接下來的時間中，除了咀嚼聲之外，什麼聲音也沒有。

裴思慶的手，一直按在他那柄匕首之上，鞘上的寶石，在他的掌心上壓出了凹痕，他的手十分麻木，可是他不願意離開。

他抬頭望着天，天空是一種十分明淨的極深的深藍，天上的星星，和他在長安的華宅之中，把柔娘摟在懷中，躺在舒服的椅子上，仰天觀望時，並無不同。星空是永恒的，而星空之下的地面上，卻每一刻都那麼不同。

裴思慶不知道他是在什麼時候閉上眼睛的，當他眼皮感到刺痛而醒過來時，一天又開始了。

沒有了駱駝，所有醒了的人，都像是沒有了成年人扶持的孩子一樣，都有一種徬徨無依的神態，也自然而然，把目光集中在裴思慶的身上。

裴思慶一句話也沒有說，甚至也沒有伸手向前指，他只是深深地吸了一口氣，然後，迎着朝陽，開步向前走。

到了這時候，已經無法改變行進的方向了——就算一開始決定向東走是一項錯誤，那麼，現在也必須繼續走下去，一直走向東，只要不死，自然是一定可以回到原來出發的地方的。

一直沒有人出聲，更別說有人講話了。十來個人，排成了一個死亡的行列，在沙漠中掙扎着前進，甚至像裘思慶這樣的大豪，也無法一直維持昂首前進的姿態，也會垂下頭來，其他的人更不必說了，他們的下顎，一直抵在他們的胸前。

太陽沉下去又升上來，升上來又沉下去。

在開始的三天，駱駝肉還維持着他們的生命。

第五天，兩個小伙子開始發狂，大叫着，撲向對方，拚命想咬噬對方，扭成了一團，在沙上打着滾。可是並沒有人理會他們，連向他們看多一眼的人都沒有。

這一天，有六個人倒了下去。

下一天，又有五個人倒了下去。

再下一天，只剩下三個人了。

裘思慶也無法維持正常的視力了，不論他如何眨眼、揉眼，看出去，總是暈暈乎乎地一片，有時候，彩色一團團地在轉，有時候，只是模糊地一堆，他去看另外兩個人的時候，那兩個人的身子會忽胖忽瘦，忽高忽矮。看着看着，兩個人忽然成了一個人——其中的一個人倒下去了。

他和另一個人，都聽得那倒下去的人在叫，聲音嘶啞得像是那人不是用口在叫，而是用肺腑在發聲。

那人叫的是：「求求你們……把我……宰了……或許你們能夠逃……出生天……我反正不行了……你們要是活着出去，我只求好好對待我的……家人……」

裘思慶只感到全身一陣抽搐，他幾乎因此而身子縮成一團，他並沒有停步，仍是一步一步向前走着，當然走得緩慢之極，所以他可以聽到身後傳來的語聲。

先倒地的那個叫着：「等一等，你先發一個毒誓，要是你……逃出生天，不照顧我的家人，那便怎樣？」

那一個停下來的聲音很高吭：「皇天在上，要是你能令我活下去，我能回到長安，不好好對你家人，叫人也把我宰了，喝我的血，嚼我的肉！」

倒地的那個先是一陣喘氣，忽然又叫了起來：「你的手為什麼放在背後，你在做什麼手勢？你騙我！」

裴思慶接着聽到了兩個人的嚎叫聲，他並沒有回頭，因為他知道，他只要回頭看一眼，只怕發自五臟六腑的抽搐，會令他倒地不起。

身後的嚎叫聲漸漸低了下來，過了好久都沒有人在他的身後追上來，使他知道，這兩個人同歸於盡了，誰也沒能在誰的身上得到什麼！

第五部

# 不想去想卻又想了起來的誓言

裴思慶繼續向前走，從那一刻起，他的一切知覺都不再清醒，他看出去的景物，都是模模糊糊的、鋪天蓋地的黃沙，有時甚至會在頭上，而藍天白雲，反倒會在腳下。他甚至不能肯定自己是向前走，還是在原地兜圈子，還是根本沒有動。他聽到的聲音，變得十分複雜，有時，他聽到的是正常的風吹過沙漠的聲音，「沙沙」地作響，沙粒在滾動之際，所發出的聲響，十分輕柔，誰也料不到那種輕柔的聲音，歷年來不知吞噬了多少生命。

有時，他又聽到刀槍劍鉞相碰撞的「錚錚」聲，兵器的相碰聲最是驚心動魄，每一下碰撞，都是一次生和死的交鋒，誰也不知道是不是會有下一次「錚」地一聲響——如果沒有了，替代的就是兵器和肉體接觸的聲音。

裴思慶以前用劍，那也是一柄鋒利無比的利器，當劍鋒削進人的身體的時候，會發出一種十分怪異曖昧、沒有其他的聲音可以比擬的聲響。裴思慶十分喜歡聽這種聲響，因為那代表了勝利。這時，他就又聽到了這種聲響一次又一次地傳來，代表着他一生之中，一次又一次的勝利。

他也聽到了他大聲呼嘯的聲音，每次在勝利之後，他都會呼嘯，以表達他心中的豪情，可是這時他雖然張大了口，努力想發出聲音來，卻除了吸進灼熱乾燥的空氣之外，什麼聲音都發不出來。

但是，他還是聽到了自己的呼嘯聲，一下接着一下，他還聽到他的一雙兒女叫喚他的聲音，那令他感到生命延續的喜悅和溫暖。

各種各樣的聲音，一種接着一種，忽然之間，一切都靜了下來。

裴思慶用力搖着頭，沒有聲音，那太可怕了。然後，他又聽到了一個十分誠懇、聽來十分動人的男人的雄渾的聲音，那聲音熟悉之極，正是他自己的聲音。

他正在說着：「過往神明共鑒，我們兩人，義結金蘭，不能同年同月同日生，但願同年同月同日死，有福共享，有難同當，若有異心，神人共誅，叫我渴死餓死在沙漠之中，屍骨不得還鄉。」

裴思慶不知道當他聽到這個聲音的時候，他是在走着還是停着，而那幾句話，清清楚楚傳入他耳際時，他整個人，如同雷擊一樣地震動，也有了剎那間的清醒。

那一剎那的清醒，帶給他的痛苦，難以形容，他是什麼時候，罰下了這樣的毒誓？雖然三年多來，他想都不敢想，彷彿整件事，都已在他的記憶之中消失了，他也的確做到了這一點，根本不去想，他真的做到了這一點，即使是大風暴發生之後，他自知一步一步接近死亡，他也還可以根本不想這件事。

可是這時，他終於想起來了。

他知道，自己一定快死了，他也有預感，自己會在臨死之前想起這件事來，所以，他早已想過，要在臨死之前，再把自己如何得了那柄匕首的事，想上一遍——最好想到一半，他就死去——因為那是一個相當長的故事，那樣，他就可以再也不想起這件事來了。

可是，人算不如天算，他還沒有開始想得到那柄匕首的經過，他不肯承認自己快死了，而他竟先聽到了自己的聲音，自己罰那毒誓時的聲音。

聽到了聲音，自然把一切全都勾起來了，往事一幕一幕，走馬燈一樣在他眼前閃過，他用力揮着手，卻揮之不去，他緊緊閉上眼睛，卻仍然把一切看得那麼清楚。

他看到當時和自己一起跪在香案之前的，是一個秀氣得令人心折的青年人，他一身紫衣，那青年人卻是一身月白色，更襯得他面如傅粉，目若朗星，玉樹臨風，英俊不凡，和他的豪邁威壯，健碩剽悍，形成強烈的對比，可是兩男的外形，卻同樣那麼悅目。

他也聽到那青年人在說：「你將有西行，正要穿越沙漠，這樣的誓言，不是太重了麼？」

是的，那次西行，應該是他第二次西行？還是第一次？竟有點記憶不清了。

他是怎麼回答的？當然豪氣干雲——只要問心無愧，再毒的誓言也不怕。

後來一連串的事，又是怎麼發生的呢？他的那柄匕首，無聲無息插進了那俊美的青年人的心口時，是在誓言之後多久的事？

他自然記得一切發生的經過，只是他絕不願意再去想，他無可避免地要

「看」到的是，俊美的臉在匕首刺進去了之後，甚至沒有一點痛苦驚訝之色，只是牽動了一下口角，說了一句話。

那句話，在當時，聲音低得幾乎聽不見，可是這時，卻像轟雷一樣在耳際響起：「你不怕應誓嗎？」

他怕，可是已經送出去的匕首，就算收回來，也已不能改變事實了。

匕首一進一出（白刀子進紅刀子出），只不過是一眨眼的時間，可是一個生命，就此結束。那麼俊美的一個人，就這樣停止了心跳和呼吸。

他怕，因為怕在罰誓的時候，那麼認真，所罰的誓言，又那麼真實。

他怕，因為他知道，神明必然聽到了他的誓言。

當他把匕首送進他結義兄弟的胸膛之時，他可以肯定，絕沒有任何人看到，整件事，做得秘密之極，除了他自己之外，不會有別人知道。

可是他還是怕，他不怕有人知道，就算真有人知道，他也可以應付，他怕的是，天知地知，神知鬼知，他如何能夠應付天地鬼神呢？

在他做了那件事之後的第二天，他把一個嬌柔無比的少女，帶到了屍體之前，那時，少女的大眼睛中，珠淚滾滾而下，倚在他的胸前，淚水把他的胸膛，潤濕了一大片，他輕摟着那少女的細腰，款款地安慰着：「人死不能復生，我會替他報仇，你別太難過了，我會盡我一切力量照顧你，愛……護你。」

少女的軟馥馥的身軀，由於哭泣而抽搐，像一頭受了驚的小鹿。嬌軀的這種動作，使得這個大豪雄壯的身體，變得更強健。

他曾輕輕掠起少女的髮腳，看着少女水嫩水嫩的脖子，用力吞嚥着口水——後來，他曾不止一次，在那雪白粉嫩的頸上，留下了他的噬痕。

那一年，少女才十四歲。一年之後，少女成了他的妻子，少女的名字是柔娘。

裴思慶許久沒有再西行，因為西行會經過沙漠，而他又曾罰過這樣的毒誓。

他努力使自己忘記這件事——或許這是他最大的錯誤，他不應該忘記這件事，應該時時刻刻記着，那麼，他就不敢再跨進沙漠半步。

可是他卻十分成功地、真正地忘記了這件事，每當柔娘偎依着他，他感到無比滿足的時候，他感到柔娘自出生以來就是他的，若不是有了他，根本不必有柔娘這樣的女子在世上。

一切都那麼心安理得，於是他再度西行。

裴思慶再明白也沒有：他完了，當年他罰了毒誓，現在毒誓應驗了。

令他不明白的是，一百多人，他們是不是當年也曾罰過這樣的誓言呢？若不，為什麼那麼多人，都一起死在沙漠之中了呢？

他一直在想這個問題，耳際轟雷一般響起的，是「你不怕應誓嗎」這一句詢問。

他感到天旋地轉，這時，又有一點奇異的、熟悉而又陌生的聲音，飄入他的耳中，可是他已經沒有能力去判斷那是什麼聲音了。

## 第六部

# 一個神秘的拍賣會

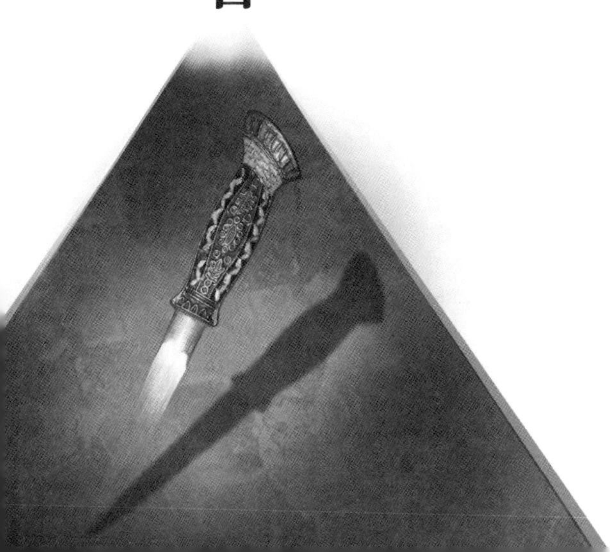

溫寶裕搖搖擺擺走進來——他發育良好，身體健康，個子相當高，所以他故意誇張地走路的姿勢，看起來自有他的瀟灑味道，我曾經對他這種行動，表示過一些異議，溫寶裕睜大眼睛望着我：「現在的青年人，都是這樣的啊。」

我無法表示意見了，因為我不再是青年人了。

我曾觀察過，胡說對他的這種怪模怪樣，一點也不覺得礙眼，雖然他自己的行動很合乎傳統的莊重的原則。

而良辰、美景對溫寶裕的儀態，簡直欣賞，有一次，兩個小丫頭側着頭看了他好久，由衷地道：「小寶，你可以算是美男子，只可惜，太無懈可擊，反為不美了。」

溫寶裕一翻眼：「我應該怎麼樣？把自己的鼻子劓了才夠標準。」

小寶在這裏，不說「把鼻子割了」，而用了一個「劓」字，多半預算良辰、美景會聽不懂，可是良辰、美景悶哼一聲：「不必，叫苗女在你臉上點上一條什麼毒蟲，也就差不多了。」

一個說「劓」，一個還以「黥」，溫寶裕一人難敵兩口，只好偃旗息鼓，不再唇槍舌劍。

由此可知，良辰、美景也並不討厭溫寶裕的行動，所以，我看到溫寶裕有點不順眼的行動時，也就忍住了不出聲，久而久之，倒也習慣了。

溫寶裕走進來的時候，我正準備出去。他簡直可算是我屋子中的一員了，所以我只是向他一揮手，示意他自便，並沒有打算為了他的出現而多逗留一會。

溫寶裕一看這種情形，打橫一跳，攔住了我的去路，揚着手中一隻黑色的信封：「我收到了一封十分古怪的邀請函，想聽聽你的意見。」

溫寶裕這小子，自從他也有了好幾宗古怪的經歷之後，十分之自以為了不起，不論遇上什麼事，各種各樣的意見之多，無以復加，這次居然會來不恥下問，來聽我的意見，那是十分難得的事了。

我停了步：「請你去參加什麼？」

溫寶裕拍打着信封：「一個拍賣會。」

我立時自鼻孔中發出了「哼」地一聲響。這個動作，叫作「嗤之以鼻」，溫寶裕自然是明白的。

他立時不以為然：「亞洲之鷹羅開，認識了他畢生唯一所愛的異性，也是在一個拍賣會中開始的。」

我側着頭打量他，當然是意存不屑，有「你怎麼能和亞洲之鷹相比」之意。可是在看了他一會之後，我倒也沒有什麼可說的，因為溫寶裕有一個長處，他全身上下，自然也包括神情，都自然而然，絕不做作地充滿了自信的光輝。

任何人，如果有這種出乎自然的自信，就一定會給他人好感——要注意的是，自信的神態必須出乎自然，而不是做作，不然就會令人反感。

溫寶裕的這種自信，和他成長的環境，當然有一定的關係，其中有相當部分，可能還來自我和白素對他的影響，但是當然，更主要的，還是他天生的性格。

這時，他看到我並沒有再說什麼，就知道他自己已通過了「考驗」，所以，又把那信封向我揚了一揚：「這個拍賣會，規定所有參加者，都不得暴露自己的身分。」

我揚了揚眉：「哼，除了化裝舞會之外，又有了化裝拍賣會？」

溫寶裕皺着眉：「有些拍賣會，不公布拍買者的姓名，倒是慣例。例如上一次世界上最珍貴的郵票『圭亞那紅一分』，就不知是誰買了去。還有，那顆著名的天然粉藍色鑽石『海洋之魂』也不知——」

看來他在收到了那個請柬之後，做了不少的資料查閱功夫，他記性好，要是由得他滔滔不絕說下去，不知道可以說多久，所以我一揮手，打斷了他的話頭：「夠了，可有說明為什麼所有的人都不准暴露身分？」

溫寶裕吸了一口氣：「有，說得很坦白，說是拍賣的珍品，大多數，甚至全部，來歷都不是很光彩，不可深究。可是又絕不是賊贓。其中，絕大部分，和多年之前，一個著名的中亞考察團有關——」

我本來已聽得沒有什麼興趣，準備走出門去了，可是一聽到最後那句話，我陡然一揚手，問：「斯文哈定考察團？」

溫寶裕聳了聳肩：「沒有明說，不過據我的推測，正是斯文哈定考察團。」

我抿着嘴，來回踱着步。

斯文哈定是著名的瑞典學者，世稱最偉大的探測家，畢生致力於中亞細亞的探險，足迹遍及中亞各地，對中國的西北地區，更曾進行過長時期的探索，對新疆、西藏、蒙古地區，比任何人都熟悉。

我早就對斯文哈定的探險行為，十分有興趣，一來由於我生性也喜歡探險，二來，是由於斯文哈定曾幾次來回戈壁沙漠，他的著作之一就是《戈壁沙漠橫渡記》，在沙漠中有了不少發現。

圍繞着他的探險活動，還有許多傳說，都十分之引人入勝。傳說中有一個，說他曾在戈壁沙漠之中，發現了一個被淹沒了許久的古城，那個古城之中，有着許多奇珍異寶，都落入了他的手中，而且，他並沒有公布這件事——如果公布了，當地政府會沒收這些寶物。

如果傳說屬實，那麼斯文哈定保有這些寶物，自然不能算是很光彩的了。一座被風沙淹沒已久的古城，這自然十分引人入勝，所以我伸手，便把溫寶裕手中的信封，接了過來，抽出了請柬。

請柬也是黑色的，印着銀白色的字，首先是一段邀請文：「素仰閣下對珍貴物件，極有興趣，所以邀請閣下參加這次神秘拍賣會，主持者保證閣下絕不會失望」云云。

在我看這一段文字的時候，溫寶裕在一旁，解釋他何以會接到這份請柬的原因——我正想問他。

原來當溫寶裕才主理陳長青的那幢大屋子之後，需要現錢來作管理改建之用，經過我的同意，變賣了一些屋中的古董，也曾把幾件珍貴的東西，交給國際性的拍賣會拍賣。所以，溫寶裕的名字，就被列為「國際收藏家」之列，所以，就收到了請柬。

在邀請文之後，是另一段文字：「鑒於本次拍賣的珍貴寶物之中，部分或大部分的來歷，並不光彩——但保證絕非賊贓，絕沒有任何法律糾紛。」

那段文字又道：「所以整個拍賣會現場的參加者，均不能暴露身分面目，包括拍賣會主持人在內，均請戴面具或化裝，務求掩遮本來面目。若閣下自問能遵守此項規定，請電本會，當即寄上精美的拍賣物品目錄——絕大部分，都是中亞細亞的藝術精品和寶物，和一個著名的探險隊有關，有許多簡直是傳說之中才出現的珍品。」

溫寶裕看到我抬起了頭，就道：「看，毫無疑問，這個探險隊，一定是斯文哈定領導的探險隊。」

我問：「你打電話去了沒有？」

溫寶裕道：「當然打了，明後天就會收到目錄，倒要看看有什麼奇珍異寶。」

我笑：「你那大屋子中的奇珍異寶也夠了，還想去買別的？」

溫寶裕搖頭：「不是想去買，是想去看看那個見不得人的拍賣，究竟如何進行。」

他把這個拍賣會形容為「見不得人」，倒也十分貼切，自然，也大有可能，這根本是拍賣會主持人的噱頭，藉此吸引人參加——如果不是由於這一點，小寶不會有興趣，也根本不會來和我商量了。

一想到這一點，我又有點掃興：「你想去參加？奇怪，你注意到了極不合理的一點沒有？」

溫寶裕縱笑了起來：「當然注意到了，它沒有拍賣的時間地點。」

我瞪着眼：「這不是混帳嗎？」

溫寶裕道：「我想一定是在目錄上——可能不想太多沒有誠意的人參加，所以才這樣做的。」

我笑了起來：「你是什麼時候開始爭取到行動自由的？如果拍賣會在外地進行，就算令堂肯讓你去，難道你就不顧學校的課程？」

溫寶裕苦笑：「希望拍賣會在本地舉行。」

我看了看信封，信是從巴黎寄出的，我代替他發出了一下長嘆聲：「機會是三百分之一。」

溫寶裕望定了我，我看出了他的心意，連忙搖頭：「不，我不會去參加，別説我沒有好奇心了，這一切，可能都只是拍賣商設計的吸引顧客的噱頭。」

溫寶裕不置可否，只是道：「有可能，等看了目錄再説，或許沒有什麼特別。」

我點着頭，向他揮了揮手，走了出去——我那次去辦的事，和這個故事無關，所以不提了。我是一個典型的「無事忙」，可是也有許多稀奇古怪的事，就是在一開始看來一點目的和作用都沒有的忙碌中發展出來的。

從溫寶裕那次來過之後，我也忘記這件事了。過了兩天，晚上，我正和白素在閒談，忽然想起了這件事，就和白素提了起來。白素淡然笑：「當然是拍賣商的招徠手段，哪有那麼多的珍奇古物。」

我同意白素的判斷，可是二十分鐘之後，我和白素都知道這個判斷，大錯特錯了。

溫寶裕是以極其莊嚴的神情，捧着那本大開本，厚厚的、彩色精印的拍賣品目錄進來的，他進來之後的第一句話就是：「我中頭獎了！拍賣會在本地舉行，時間是一個月之後。」

我哼了一聲：「小子的運氣真好，你看了目錄了？」

溫寶裕大大吸了一口氣：「沒有，我只是翻了一下，太偉大了，我來和你們一起看。」

我白了他一眼，也就在這時候，我看到了目錄的封面，那是一柄匕首和它的鞘，才一眼，我就被這匕首吸引住了。

接觸過武術的人，大多數，對武器都有一種熱烈的偏愛。我曾在十萬大山的一座秘室（興建來供明朝的建文帝作避難之用）中，見到過一柄鋒利無比的寶劍，就曾愛不釋手，起過想將之據為己有的貪念。

而這柄匕首，我看到的雖然不是實物，但是現代彩色印刷術的進步，也就可以通過圖片，體驗到它的鋒銳。整個刀身，呈現一種不可測的、充滿了神秘意味的藍色，這種藍色，閃爍不定，甚至不能肯定它是深藍還是淺藍。

從這種神秘的、藍汪汪的顏色之中，就可以感到它的鋒利和殺氣。

在我注目於這柄匕首的同時，我聽到白素也發出了一下驚嘆聲。

令人驚訝的，還不單是這柄匕首的鋒利，更在於它的柄上和鞘上，鑲滿了各色寶石，簡直可以說是寶光奪目。

我足足隔了半分鐘之久，才由衷地嘆：「好一柄匕首。」

溫寶裕道：「編號第一，有較詳細的介紹，說是有一個故事，和這柄匕首有密切的關係，故事是記述在一大綑羊皮上的——」

他一面說，一面打開了目錄來，第一項拍賣品，就是這柄匕首，標題是：「和一個淒惋的故事有關的命運之匕首，沙漠古城中發現的珍品。」

還有一項副題是：「底價三百萬英鎊。」

我悶哼了一聲，又留意另一幅很大的照片，照片拍的是一綑羊皮——這種經過特製的羊皮，中亞細亞一帶的人，到如今也用來當紙用，古代更是書寫記錄的重要工具，它可以保持很多年，比紙耐久，已發現的最早的基督教《聖經》，就是寫在羊皮上的。

一大綑羊皮，有幾張攤開着，用一種我看不懂的文字書寫，照片旁的說明是：「這是一種早已失傳了的中亞部落文字。可是出人意表的是，其中有中國的漢字，不過也難以辨認，在已可辨認的字中，可以知道，記述的是一個十分離奇曲折的故事。」

這時，我也看到在那些我不認識的「中亞古代文字」之中，確然有漢字在，而且，還是龍飛鳳舞的草書，我只看了一句，就和白素互望了一眼，那一句是：「往事歷歷，心痛如絞。」

在照片上還可以看得到的另一句是：「此匕首隨余半生，然來歷知者極少，今記錄於此，留待後世。」

白素沉聲道：「中國字是批註，那古怪文字才是記載故事的。」

我大是奇怪：「看來，記載的是一個中國人的故事！」

溫寶裕抓着頭：「中國人的故事，為什麼要用這種古怪文字來記錄？這匕首的主人是什麼人？能擁有這樣的匕首，這人一定十分不簡單！」

我再看說明：「該批可能大有價值的羊皮，不另立項目，作為第一號拍賣品的附屬品，購得者可自由選擇，接收或放棄該項附屬品。」

溫寶裕大聲道：「要是有什麼人，買了這柄匕首，不要這綑羊皮，那就好了！」

小寶的話雖然有點匪夷所思，可是想想也很有道理：那柄匕首，雖然毫無疑問是稀世奇珍，可是它卻不會說什麼。而那一大綑羊皮，天曉得會有什麼古怪的故事，記述在上面！

單是那種古怪的文字和漢字草書的夾批，已經可以引發人無窮無盡的想像力了。

而這柄匕首的底價已經那麼高，拍賣的成交價不知是多少，自然不是我或溫寶裕所能負擔的，所以溫寶裕才有這樣的想法，希望有人不識貨，不要那些羊皮，肯以低價出讓。

我和白素都覺得他的話有點道理，溫寶裕何等機靈，自然一下就看了出來，於是他就進一步發揮：「非要去參加這個拍賣會不可，一知道是誰買了它，就去和他商量，要他放棄那些又羶又髒寫滿了莫名其妙只怕窮一生精力也看不懂的文字的羊皮！」

白素給他逗得笑了起來：「小寶是什麼時候學會做生意的門檻的？」

溫寶裕更大是高興，昂着頭，頗以為「能者無所不能」。

我潑了他一盆冷水：「要是偏巧買家正喜歡曲折離奇的故事呢？」

溫寶裕一聽，陡然發出了一下震耳欲聾的怪叫聲。雖然我和白素對他的怪誕行為早已熟知，但是也不免給他嚇了一跳。

他又伸手在自己的大腿上重重拍了一下：「哈山！航運巨子哈山先生，他最喜歡聽古怪故事，要是他在，可以要他去買那柄匕首。」

我也不禁「啊」地一聲，確然，以哈山喜歡聽古怪故事的性格，他一定會去把這柄匕首買下來，而他的財力，也足可應付。

可惜哈山先生自己也成為一個怪不可言的故事的主角，和他的父親，一起去體驗分段式的生命去了，只怕二三十年，不會再出現，在哪兒去找他去。

溫寶裕立時又向我瞪了一眼。我明白他的意思，他是在怪我——哈山「臨別」之前，曾有意要把他龐大的財產託給我處理，可是被我一口拒絕了，溫寶裕這時，自然在說要是有了錢，就好辦了。

他嘀嘀咕咕地道：「有錢，還是有用的。」

我有點惱怒：「小寶，別財迷心竅。」

溫寶裕長嘆一聲：「良辰、美景好像有用之不完的錢，找她們想辦法去。」

我又好氣又好笑：「你愈來愈有出息了，女孩子的錢都好動腦筋的？」

溫寶裕團團亂轉，忽然又大叫一聲：「有了！原振俠醫生的那個美麗無匹的女巫——」

說到這裏，陡然停了下來，吐了吐舌頭，不再說下去，我和白素，也不出聲，心情都很沉重。

最近，發生在「原振俠醫生的那個美麗無匹的女巫」身上的事，大家都知道了。女巫瑪仙，為了成全一宗真正的愛情，收回了她所施的巫術「血魘法」，以至她自己喪失了一切智力，原振俠醫生在傷痛之中，把她交給了「愛神」，這一切經過，原振俠醫生用極傷感的情緒，向他們說起過，現在，原醫生的情緒低落之極，我們也無法幫助，只好陪他難過。

在這種情形下，小寶大聲叫了出來，自然又難免令得我們心情沉重。

溫寶裕在停了片刻之後，才繼續說了下去：「那女巫的監護人，是亞洲最大的豪富，他可以委託我去買這柄匕首，然後，把羊皮交給我們。」

溫寶裕異想天開的事情多，可是這個提議，倒大是切實可行。

他指的亞洲大豪富當是陶啟泉。陶啟泉也很喜歡收集古物，這柄匕首，不論從哪一個角度來看，都是罕見的精品，也正是豪富蒐集的目標，溫寶裕去，一定一說就可以成功的。

所以我道：「好，我代你聯絡，你得抽空帶着目錄去見一見他，看看你的口才，是不是能說服他。」

溫寶裕用力拍着心口：「哼，憑我的三寸不爛之舌，一出馬，有什麼不成功的！」

說了之後，他望着我，竟有立刻迫我和陶啟泉聯絡的意思。我拿起了電話來，撥了一個號碼，要找像陶啟泉這樣的大人物，不是容易的事。因為我和他關係十分特殊，所以他給了我一個二十四小時有人接聽的電話，可以聯絡到他，不論他在何處。

我向接聽電話的人報了自己的名字，然後道：「希望陶先生如果方便的話，盡快打電話給我，我的電話號碼是……」

（這是我的習慣：從不假設別人記得我的電話。報一個號碼給人，不會有損失，人家記不得電話，聯絡不到，那就是大損失了。）

然後，我們繼續看那本目錄，才翻了三分之一，我們都目瞪口呆。

我們都不是沒有見過世面的人，單是陳長青留下的那幢大屋子，裏面的古物，就抵得上一個博物館，可是也很少見過那麼多充滿了中亞風格的古物，那麼多的金器和玉器，那麼精美的工藝，集中在一起。

看來，探險隊當年發現的那個古城，有着許多工藝品的巧匠，要不然，怎會有那麼多的精品，尤其是許多玉雕，玉質之佳，即使在照片上看來，也可以體驗那種滑潤，估計那是新疆南部的出產，再經由新疆北部，流入中亞細亞的，世上流傳的這樣好質地的白玉，十分稀少，是玉器愛好者夢寐以求的珍品。

還有許多是大型的玉器，甚至有很大的，直徑達到五十公分的玉盆，可以想像，這個古城的居民，一定是一個極度愛玉的民族。

中國西北部的少數民族，回族、哈薩克族、藏族和維吾爾族，至今仍有愛玉之風，漢人也十分喜愛玉器，古城的居民愛玉，自然可以理解。

在玉器部分之後的是金器，大多數是金絲編成的各種器具，上面都有十分精美的圖案。

等到看完，合上了目錄，我道：「很怪，編號第一的那柄匕首，和別的珍品，在藝術風格上，完全不同。那匕首我看是古波斯的產物，不像其他的珍品，一看就知道是同一地域出來的，有着十分近似的藝術風格。」

溫寶裕搓着手：「這批寶物，應該有人把它們整批買下來，不能讓它們分散，好像同類的珍品，完全沒有被人發現過！」

我向溫寶裕看過去，他「咕」地一聲，吞了一口口水，全部拍賣品的價格，單是底價，也已非同小可，他也不敢誇口說可以說服陶啟泉去把它們全買下來了。

白素有點不滿：「連拍賣會的主持人，也不是很重視那綑羊皮，介紹得那麼少。」

溫寶裕道：「而且，我也看不出為什麼參加者都要隱瞞身分的理由，看，入場證上，甚至有『不能互相交談』的規矩。」

在目錄的最後一頁，是一張十分精美的入場證，有着一個編號，想來是為了拍賣方便出價之用。

討論到這裏，電話響了，我按了一下掣，使大家都能聽到。陶啟泉的聲音十分宏亮：「衛斯理，你好，有什麼指教？」

我笑：「介紹一個小朋友來見你，有一點事情和你商量——你得作思想準備，可能你會花費大筆金錢。」

陶啟泉「呵呵」笑了起來：「那不算什麼，不過最快要三天之後，我現在正在巴哈馬出席一個商務會議。」

我吸了一口氣，一面回答：「不要緊，你一回來就通知我！」一面我在想，要不要把女巫之王的不幸遭遇告訴陶啟泉。

白素看出了我的心意，向我搖了搖手，示意我不必多此一舉，所以我便沒有說。

陶啟泉爽快地答應了一聲，就掛上了電話，我又按了一下掣鈕，回過頭來，向溫寶裕道：「看你的了！」

溫寶裕嘆了一聲：「你作了這樣的安排，要是我再把事情辦砸了，那該買一塊豆腐撞死算了。」

白素仍在翻着目錄，感慨地道：「這些寶物當年被發現後據為己有，確然不是很光彩。」

我也十分感嘆：「也很難說，寶物十分可能在中國境內發現，若是當時歸了公，連年戰亂，只怕也不能保存得這麼完整。」

白素又道：「什麼時候有實物可看？」

溫寶裕指着目錄的一頁：「拍賣之前的三天，地點是在一家酒店的頂樓。」

他說出了那酒店的名稱，那是十分熟悉的一家酒店，而且我知道酒店是蘇氏財團的產業，我曾和白素到過。那是一次化裝聚會，會中有人化裝成了我，大放厥詞，結果由原振俠醫生引發了一個相當動人的故事，那次，白素扮成了共產黨的祖宗大鬍子馬克思！

那已是若干年之前的事情了。

我指着目錄：「沒有提及買了多少保險？」

溫寶裕搖頭：「沒有，而一再提及的是，拍賣會是在秘密的情形下進行，沒有入場證的，不能進場，而在預看拍賣品的時候，也不能互相交談，一樣不能暴露真面目和身分。」

我和白素笑了起來：「對你來説，這會是很新鮮的一次經歷。」

溫寶裕忽然長嘆了一聲，又重複着他的感嘆：「有錢，還是好的。」

我又瞪了他一眼，溫寶裕的感嘆，也有點道理，可是若是要把目錄上所有的寶物都買下來，至少要一億英鎊，世上有這樣財力的人，屈指可數。

我把這一點説了出來，溫寶裕悶哼一聲：「世上有人花四億美元造一座王宮。而且，在國家預算中，那些錢算什麼，應該有富裕國家的博物館，把這批寶物，整批買下來，公開展覽。」

溫寶裕的豐富想像力大發作，他又道：「最好蒐集那個古城的資料，把博物館造得和那個古城一樣，對了，香香公主到過的那個古城，連整個浴池都是玉雕的，唉，一些玉盆玉碗，也不算是什麼了。」

我和白素都習慣了他這種天馬行空，想到什麼就說什麼的行為，所以見怪不怪，溫寶裕突然又叫道：「那古城，現在還在不在？」

我笑了起來：「你不是想到沙漠去把這座古城找出來吧？」

溫寶裕卻不說話，只是定定地望着我。

我看出他的居心大是「不良」，所以只當看不見，根本不去睬他。溫寶裕堅持了半分鐘，看看我沒有反應，他又嘆了一聲，才道：「最好和意大利的龐貝古城一樣，發掘出來，再把所有的寶物，全都運回去，就在古城之中陳列，那就理想了。」

青年人有青年人的理想，我和白素都不去打岔，溫寶裕一個人獨白，也覺得無趣，他向門口走去，到了門前，才道：「展出拍賣品的時候，我一個人去看？」

我悶哼一聲：「不是只有持有入場證的人，才能夠去看拍賣品嗎？」

溫寶裕提高了聲音：「我不相信神通廣大的衛斯理，連一個拍賣場都進不了。」

我聳聳肩，對這個問題，不作答覆，溫寶裕得不到反應，頓了頓足，走了。

他走了之後，我吸了一口氣：「這柄匕首……確然是稀世奇珍，值得去開開眼界。說不定落在哪一個收藏家的手中，就再也無緣相見了。」

白素深知我的心意，她微笑着反問：「你是想去看那柄匕首，還是想看那細羊皮？」

我給她說穿了心意，也不禁笑了起來：「其實我早就有了一個主意，不過不說出來，怕小寶知道了會闖禍，壞了大事。」

我說這幾句話的時候，也神秘兮兮地壓低了聲音，同時也估計白素料不到我想到的是什麼。

白素閒閒一笑：「當然，你所要的，並不是那綑羊皮，而只是要上面的文字。」

我伸直了身子，知道白素已知道了我的方法，其實再簡單也沒有，用一具攝影機，把每張羊皮都拍一張照片就可以了。

拍成了照片之後，怎麼研究都不成問題。而拍賣品既然在事前供人參觀，要拍攝自然也是十分容易的事。我不對溫寶裕說，是怕他大呼小叫，反倒會被人阻止。自然，主持拍賣會的人，可能會有禁止拍攝的行動，但以我和白素之能，就算是偷拍，也容易之極。

我繼續道：「問題是如何進入會場？」

白素笑了一下：「拍賣會在那家酒店舉行，蘇氏兄弟是我們的熟人，拍賣會不會拒絕酒店主人所推薦的兩個客人吧，和他們聯絡一下就可以了。」

我鼓了兩下掌，立刻和蘇氏兄弟聯絡，同時也十分高興，因為白素說「兩個客人」，這說明她準備和我一起去參加行動，而我們已有好久沒有一起行動了。

一切經過簡單而順利，第二天，我接到了蘇氏兄弟之中的蘇耀西的電話，他說：「和拍賣會方面聯絡過了，他們說歡迎之至，立刻補寄入場證來，只不過這個拍賣會很怪，要化裝參加，而且，參加者連互相說話也不可以。」

我呵呵笑着：「這一點我們早知道——我和白素，早已不說話，只憑眼色，就可以知道對方的心意了。」

蘇耀西十分有趣，他道：「喔，我明白了，這叫作眉目傳情。」

在雙方的大笑之中，事情順利解決，不幾天，我和白素都收到了入場證，我在事先就提出：「別讓溫寶裕知道，看他到時化裝成什麼，我想我們一定一下子就可以把他認出來。」

白素瞪了我一下：「還說小寶孩子氣，你自己還不是一樣——」說到這裏，她忽然笑了起來：「我們也好久沒有化裝了，不如分頭進行，看到了那時，你是不是認得出我，我是不是認得出你。」

白素忽然之間，童心大發，倒是十分有趣的事，我立即舉手贊成，並且提議：「早一天我『離家出走』，以免泄漏天機。」

白素也高興：「好，誰認不出誰來，要受罰。」

我湊近去：「罰什麼呢？」

白素側頭想了一會：「現在想不出，到時再說！」

（好像有一部武俠小說中，曾有過這樣的情節？）

說說笑笑，時間容易過，陶啟泉十分有信用，一回來就通知我，我通知溫寶裕，溫寶裕這次，居然十分懂禮貌，衣着整齊，先來見了我，在我這裏得到了嘉許之後，才去見陶啟泉。

溫寶裕英俊挺拔，十分得人好感，我相信他決不會失敗。果然，不到兩小時，他就從一輛大房車中，跳了出來，一路跳進了屋子，「雀躍」自然就是這個意思了——陶啟泉派自己的座駕送他回來，他一進屋子就叫：「猜我得到了什麼成績？」

我笑：「不知道，陶啟泉才給我打了電話，不過他沒有說。」

溫寶裕望了我片刻，陶啟泉確然沒有告訴我他取得了什麼成績，他只是告訴我：「你派來的小朋友有趣極了。」

溫寶裕在確定了我真的不知情之後，他深深地吸了一口氣：「陶氏集團成立了一個基金，寓投資於收藏，放膽購買一切值得投資的藝術品和古董。」

我也代溫寶裕高興，以陶氏集團的財力而論，把這批古物全部買下來，也不成問題。

溫寶裕更是興奮得滿臉通紅，他又補充：「還可以專為基金建造一座收藏館——陳長青也留了不少古物下來，我準備捐出去，總不能只由陶啟泉一人出力。」

溫寶裕「有趣之極」的評語，自然不是白白得到的，他性格十分可愛，爽朗而豁達，有這樣性格的人，自然到處受人歡迎。

不幾天，陶氏集團的這項新措施，就已經向全世界發表——這件事有一個小插曲，這個實力雄厚的基金會主席，是一個青年人，當然是溫寶裕，他西裝筆挺的相片，登在報紙上。他的母親，溫太太看到了，自言自語道：「這青年人，和我們家小寶倒長得很像。」

小寶的母親看吊兒郎當、調皮搗蛋的小寶看慣了，見到了服裝端正的溫寶裕，竟然認不出來。

溫寶裕的父親，在妻子面前，一向是沒有發言權的，這次忍不住說了一句：「那就是我們家的小寶。」

溫太太瞪了丈夫一眼，先是不信，後來仔細看了新聞，才大叫一聲：「真是小寶，怎麼那麼大的本事，和陶氏集團搭上了關係，嘿！嘿！可比他父親有出息得多了。」

溫先生一句也不敢搭口。

不多久之後，溫太太握着溫寶裕的手，笑得臉上的肥肉亂抖，心肝寶貝地叫了一陣子之後，忽然下令：「你登在報上的照片很神氣，可見人要衣裝，佛要金裝，以後除非不讓我看到，見到我的時候，必然要這樣服裝。」

溫寶裕想違抗這道「懿旨」，他父親給了他一個眼色，示意他不必徒費唇舌，溫寶裕也就只好把抗議的話，吞嚥了回去。

後來，他愁眉苦臉來見我，我哈哈大笑：「以後你盡量少見令堂就是。」

白素怪我：「穿整齊些也沒有什麼，哪有叫孩子少見母親的。」

我和溫寶裕之間，常有「男人的默契」，所以對白素的話，都沒有人去反駁她。

又過了若干天，溫寶裕興沖沖來告知：「後天，可以參觀拍賣品了。」

我的消息比他靈通，因為蘇氏兄弟中的蘇耀西，早就通知我拍賣品運到，已經開始佈置了。他道：「真不得了，全是精品，聽說陶氏集團新成立的基金，號稱可以調集十億美元，就是為了這批寶物而設的？」

商場上對這種事十分敏感，財團有可能以這種基金為名，暗中從事突如其來的商業行動。所以我立時道：「據我所知，確然如此！」

蘇耀西嘆了一聲：「本來我看中了一套玉碗，現在看來，難以競爭了。」

蘇氏弟兄也控制着龐大的工商業集團，是大豪富，可是一山還有一山高，和陶氏集團相比，當然又差了一截。他也想到陶氏集團可能要全部買下來了。

我笑了一下：「世界上的奇珍異寶太多，不能見了就想據為己有。」

蘇耀西也立時笑了起來：「說得是——你是不是想先看看展品？我可以向拍賣會的主持人安排。」

我想了一想：「不好，這樣一來，我的身分不是暴露了嗎？」

事實上，我倒很想先去看一看，但是我和白素又有約，這幾天，我們雖然沒有商量這件事，但是互相都可以在眼神中看出對方大有挑戰的意思，都像是在說：你認不出我，我會認出你來。

看看究竟是誰認得出誰，是一件十分有趣的事。

蘇耀西沒有再說什麼。到了預展會之前的一天，我果然不在家中，到了陳長青的屋子，可是又避開了溫寶裕——那屋子極大，要躲起來，十分容易。

我奮夜化裝，裝成了一個西方人，凡是化裝不想被人認出來，必須在最難改變的地方，加以改變，而經過改變了的部分，又不是很礙眼，太礙眼了，有經驗的人，一眼就可以看出來那是化裝的結果。

白素是化裝的大行家，功力和我不相伯仲，要瞞過她，自然非別出心裁不可。

我化裝的白種人，是金髮白種人，我把自己的皮膚有可能露在衣服之外的地方，全部染白，又把我的汗毛，也染成金色，頭髮當然也染了，然後再用藍色的隱形眼鏡，北歐口音的英文我不成問題。

這樣的化裝法，十分花時間，我用了足足三小時，才算是成功，金髮碧眼，十分傳神，然後，我又在化了裝的臉上，戴了一個面具——那是一種任何人一眼就可看出來的面具。

第二天上午，我離開大屋子的時候，看到一個身形佝僂的老婦人，拄着一根枴杖，顫巍巍地走了出來，還向我瞪了一眼。我幾乎要忍不住哈哈大笑：溫寶裕竟然扮成了一個老婆婆，不過，他也算是扮得像的了。

我當然帶了小型攝影機，這種攝影機使用特別的底片，拍出來的幻燈片，可以放大到一平方公尺，效果極好。

那綑羊皮上的文字，拍了下來之後，可以放大了來慢慢研究。

到了預展場地，我不禁叫了一聲幸運，拍賣會的主持，顯然不知道這綑羊皮的重要，只是隨便放在一邊，而且，其他所有的物件，都是可以看，不可以用手去碰，都有玻璃櫃保護着。

而那綑羊皮，卻放在那裏，任人翻揭。

這時，我已看到那「老婆婆」的身手，忽然矯健了起來，在那疊羊皮之前，不停地用手杖去翻，翻了一張又一張，行動可算相當奇特，可是卻沒有人理會。

本來，我還十分為難，因為我的化裝雖然天衣無縫，可是只要我一表示對那堆羊皮有興趣，白素就立時可以認出我來。

所以，我只是像別人一樣，盯着那柄匕首，和許多金器玉器在看。

可是，我又要拍攝羊皮上的文字，又不能連看也不向那些羊皮看一下，而且，我也無法進行遠距離的拍攝。

而在我留意溫寶裕的行動之後，我不禁大是高興。溫寶裕用枴杖在翻羊皮，每翻過一張，他就把枴杖向上，提高一些。

這小子，他竟然把特製的攝影機藏在枴杖之中，公然進行拍攝！他的這個方法十分好，從根本沒有人注意他這一點上，可以證明他的成功。

一看到這個情形，我自然放下了心，由得他去拍攝好了，我可以專心一致，只把白素認出來。所以，我開始打量在這個展覽大廳中的人。

人很多，超過兩百個，每個人都經過化裝，絕大多數，是戴了叫人認不出面目來的面具，也有乾脆扮成阿拉伯女人的。

我留意着每一個人，自然留意的重點，放在這個人是不是對那堆羊皮注意，或者對溫寶裕特別留意。要有所發現，也不是容易的事，我看到一共有三個人，來到了溫寶裕的身邊，逗留了一會，溫寶裕還居然向他們十分不耐煩的瞪眼，用不友善的眼光，把他們趕走。

這三個人，兩個是身形高大的男人，白素的身子沒有那麼高，但當然可以加高——高明的化裝術，非但可以使身形變高，甚至可以變矮！另外一個，是作中東女人打扮的婦女。

我本來想去進一步留意這三個人，可是一轉念間，我想到白素如果在場，見到的情形和我一樣，她也會去留意那三個人（如果她是三個人中的一個，她就會去留意另外的兩個），這時，我如果去接近這三個人，叫白素看在眼中，豈不是一下子就可以把我認出來了。

所以我仍然沒有進一步的動作，只是注意是不是有人特別去接近那三個人，可是卻又沒有發現。

溫寶裕的行動十分快，他只花了二十分鐘不到，看來就已經有了十分滿意的成績，他拄着枴杖，裝模作樣，在大廳中晃來晃去，神情十分怡然自得。

若不是怕白素認出我來，我一定會大大地和他開個玩笑，例如絆他跌一跤之類。

半小時之後，我開始走動，在每一個人的身邊，逗留五秒鐘到十秒鐘，從各人的化裝上，判別這個人是不是白素。

由於有「不能互相交談」的規定，所以廳中極靜，人與人之間也不互相交流眼色，所有的注意力，都放在那些珍貴的拍賣品上，尤其是那柄寶光四射的匕首，它那鋒利的刀身，殺氣隱隱，十分懾人。

一小時之後，展覽廳中的人減少了一半，連溫寶裕也走了，可是我還是沒有認出白素來。看來，白素也沒有認出我。

又過了半小時，人更少了，我想到，到了最後，可能只剩下我和白素兩個人時，情形不是十分滑稽嗎？

還沒有認出白素來，我當然不能就此離去，等到只有十來個人的時候，我不禁用力在自己的額頭拍了一下，責怪自己的蠢笨。

白素何必非留在大廳不可？她可以一早就認出了我來，然後離去，只要她可以說出我化裝成什麼樣子來，我就算是輸了。

而她在一認出了我之後就離開，我自然再也沒有認出她的機會了。

我嘆了一聲，不再流連，回到陳長青的屋子，又花了足足一小時，才把化裝完全洗乾淨。

我來到溫寶裕常到的那幾間房間，溫寶裕不在，我留了一張大字條：「速將偷拍到的照片交出來。」

然後，我回住所，在門口徘徊了一回，估計白素會怎樣取笑我。

可是，當我推開門進去的時候，卻出乎我的意料之外，白素在當眼的地方，留下了一張字條：「有突然的急事，一位好朋友向我求助，必須離開，不能去辨認你了。」

白素根本沒有到那個展覽廳去！不是我認不出她來，是她根本沒有興趣。

這實在令我啼笑皆非，但也令我鬆了一口氣。從留字的時間來看，是早上七時。白素沒有說她到哪裏去，也沒有說向她求助的是誰。她一定走得十分急。這樣的行動，大多數發生在我的身上，白素很少這樣。

我當然不會擔心，白素有應付任何變故的能力，她的行動如此突然，一定有她的理由。

我休息了一會，溫寶裕已風頭火勢趕了來，一到就瞪着我：「你怎麼知道我拍了照片？」

我不說穿：「那麼簡單的辦法，你一定想得到。」

溫寶裕十分自得：「一點阻礙也沒有，那堆羊皮，簡直沒人留意，你絕想不到我裝成什麼人。」

我笑着指向他的鼻尖：「令祖母？」

溫寶裕大吃一驚，一步跳向後，用大惑不解的神情望着我，我由得他疑神疑鬼：「拍的是幻燈片，帶來了沒有？」溫寶裕要在十秒鐘之後，才回答我的問題：「帶來了，還沒有看。」

我和他一起進入書房，把放映那種特殊小幻燈片的放映機裝好，面對着一幅白牆，然後，拉下了窗簾，開始放映。一共是七十五幅，每一幅上，都是那種看不懂的文字。顯然要記述的事件十分複雜。

夾在那種古怪文字中的漢字草書批註也不少，有時比古怪文字還多，而且，可以推測寫這些漢字的是同一個人，這個人，一定十分霸道，因為在很多情形下，他寫的漢字，蓋過了那種古怪的文字，喧賓奪主的情形，躍然於羊皮之上。

有百分之八十以上的草書，是紅色的，紅色還十分鮮明，那是上好的硃砂，這種硃砂，相當名貴，這個人竟可以大量使用，自然很不簡單。

我辨認草書的能力算是高的了，但在當時，我至多也只能看清十之六七，我相信溫寶裕連一成都沒有看懂，他不斷在咕嚕着：「這算是什麼字，這種字，寫了等於不寫，真的豈有此理。」

羊皮並不循序，所以也很難連貫，可是一個小時下來，我邊看邊講，已經令得溫寶裕怪聲連連，我也大是興奮。

可以相信，古怪文字記載的，是有關一個人的故事，而寫漢字草書的，就是這個人。

古怪文字看不懂，這個人在批註之中，很多處對古怪文字作了補充，也涉及他的故事。例如他的名字，他是什麼時候的人等等，就全是在漢字草書之中得到的。

始終沒有人認得古怪文字。

漢字也是請了幾個專家來認，才全部認着了的。

這些都是後話了。

對了，那個拍賣會怎麼樣了？

拍賣會的結果，出乎人的意料之外，每一件拍賣品，都被抬高到瘋狂的價格，那柄匕首的最後成交價是一千二百萬英鎊，而且到最後，拍賣會主持人宣布，有人提供了一個天文數字，買下了全部拍賣品。

不是陶氏集團，溫寶裕參加了拍賣會，他說：「簡直是瘋狂的價格，陶氏雖然有錢，也不能這樣用法，只有阿拉伯酋長才會這樣瘋狂。」

整批寶物，究竟落在誰的手中，竟然不得而知——當然這是暫時的，後來的事情又有意外的發展。

# 第七部

# 一個支離破碎的故事

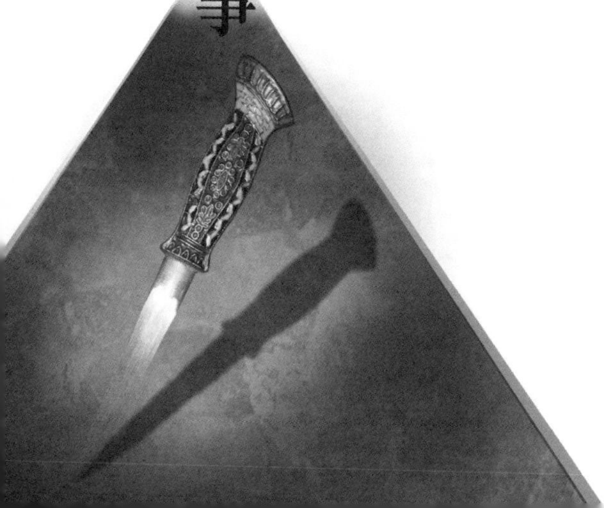

在認出來的漢字草書之中，知道了故事的主角的名字是裴思慶。

對了，就是那個一開始，浩浩蕩蕩，帶領駝隊西行，在沙漠中遇到了異樣風暴的長安大豪裴思慶。

他的故事經過一番整理，但是並沒有經過多少「藝術加工」，相信是有一個人，用那種古怪的文字，記下了他的故事，而他又加以批註、說明和補充。他所作的補充，自然不會有整個故事可窺，所以，不免有點支離破碎。

但是，在支離破碎的情節之中，也可以大體上拼湊出一個故事來。

故事之中，有一個主要的女角，名字叫柔娘，柔娘在十五歲那年，就成了裴思慶的新娘，在柔娘之前，裴思慶自然有妻子（因為他有兒女），他原來的妻子怎麼樣了，並沒有提及——在古代，中國的女性，一直沒有地位，可有可無，不受注意，除非是受到男人特別寵愛的，像柔娘那樣。

可是裴思慶得到柔娘的手段，十分可怕。從不完整的情節來看，柔娘原來是一個十分出色的青年人的未婚妻。

這個青年人是武林中人，還和裴思慶有結義兄弟的關係——凡是這種關係，在結義的時候，雙方都必然罰誓，以證實這種關係。

裴思慶這時所罰的毒誓，是若有違誓，會在沙漠之中餓死渴死。

可是多半沒有隔了多久，裴思慶就殺了他的結義兄弟，原因，推測多半是為了柔娘——古代的一個弱女子，在未婚夫猝然死亡之後，唯一的出路，就是另外找一個男人，裴思慶就是最佳對象了。

裴思慶在娶了柔娘之後，也曾害怕自己的誓言，所以很久不敢再西行，越過沙漠去經商。可是時間一久，他的恐懼漸漸消散，他又帶着駝隊西行了。

就在這次西行中他遇到了風暴，在沙漠中不知掙扎了多少天，連最後的一匹駱駝也殺掉了——關於這個過程，記述得相當詳細。

（自然，大家都可以知道，裴思慶並沒有死在沙漠中，要是他死了，這段經過也不會留下來了。）

（他在沙漠中，是怎樣絕處逢生的，也可以在他的批註補充中拼湊出來，後面會寫出來。）

在已經知道的故事之中，可以知道他有一柄極喜愛的匕首，這柄匕首的來歷，只有他一個人知道，本來，他是準備在臨死之前，把他得到這柄匕首的經過想上了一遍的——可想而知，那一定是一個十分甜蜜的回憶。

可是結果，他在終於支持不住，再也難以在沙漠上挪動半步的時候，他卻想起了他最不願意想起的那件虧心事。

虧心事的一切經過，一切細節，都歷歷在目，他但願快一點死，也不要把整件事再想一遍，因為他知道自己已經在應誓了，在經過了那麼樣的痛苦掙扎之後，他終於死在沙漠上，他也不知道自己是餓死還是渴死的了，都沒有分別，反正死亡都是一樣的，令得他還想掙扎着知道的是，他不知道自己的靈魂是不是也永遠離不開沙漠，還要在沙漠上飄蕩。

當他努力想弄清楚這一點的時候，他又聽到他的結義兄弟的笑聲和語聲，一切都如此清楚，使他可以聽得明明白白：「不必擔心這個問題了，因為你根本沒有靈魂，你不是人，何來的靈魂？」

他想大聲反抗，可是當然出不了聲——即使是在心中大叫也做不到，他已經感到死亡侵進了他的身體，他聽到了一種十分古怪的聲音。

這種聲音他應該是十分熟悉的，可是這時聽來，卻又十分陌生：這時候，怎麼還有可能聽到「叮叮」的駝鈴聲呢？

最後一匹駱駝，不是被他殺了麼？一定是駱駝的靈魂在調侃他，他沒有靈魂，駱駝可能有。

然而那種聲音卻在迅速移近，裴思慶勉力想弄清楚是怎麼一回事，可是沒有用，他的眼前是一片血紅，然後，紅色在迅速暗下去，在完全黑暗之前，好像有十分奪目的一片彩光一閃，接着，就是無比的黑暗，而那時候，他也完全沒有了知覺。

事後，他回想起來，心想如果死亡就是那樣子的話，那麼死亡其實也並不可怕，只不過是一下子忽然都不知道了而已。

至於死了之後，是不是會有靈魂，由於他不是真的死，所以他也無從得知。

在那一剎間，最失望的，大約是在半空中盤旋的食屍鷹了，這種形狀醜陋之極的大鳥，平日不知在什麼地方棲息的，牠們對死亡的氣息特別靈敏，哪裏有死亡，哪裏就有牠們的蹤影，牠們在空中盤旋，跟蹤着死亡，牠們投在沙粒上的陰影，就像是死神伸出來的手，把生命一點一點攫走。

可是，這一次，食屍鷹沒有成功，幾頭食屍鷹已然落在裘思慶的身邊，側着頭看着他，食屍鷹十分遵守天地宇宙間的規則！絕不啄食活人，只要這個人還有一口氣，牠不會去碰他。

而牠們判斷人獸的生和死，準確無比，只要人一死，牠們銳利之極的、鐵鈎一樣的喙，就會在第一時間啄下去。食屍鷹的第一啄，必然是啄向人的天靈蓋，一下子就可以啄出一個深洞，讓牠們可以啜食多半還有溫度的腦漿。

這一點十分重要，因為若是那幾隻食屍鷹已然開始了行動，那三匹駱駝就不會再向裘思慶奔過來——奔向一個死人，並無意義，人已死了，沙漠也就是最好的歸宿，不必再多費手腳了。

而食屍鷹還是守着不動，這就證明那個人還沒有死，還活着，那就不能眼看他死去。

三匹駱駝，只有一匹有人騎着，那人一身白袍，把全身連頭都裹在中間——那是在沙漠上生活累積下來減輕猛烈陽光肆虐的最佳方法。

駱駝上的人提了提韁繩，那匹駱駝立即改變了原來奔走的方向。那是一匹十分神駿的駱駝，毛色也比普通的駱駝深，是深棕色，奔起來又快又穩，這一點，可以從牠項際所懸的駝鈴，所發出的「叮叮」聲是如此之有規律上得到證明。

駱駝到了近前，幾頭食屍鷹十分不情願地撲打着雙翼，讓開了一些，卻並不飛上天去。

多半是牠們認定這個人必死無疑，懶得飛上去再落下來了。

那人一翻身，下了駱駝，動作極快，在下鞍子的時候，已經順手摘下了鞍旁的皮水袋，一到了裘思慶的身邊，就把裘思慶的身子，翻了過來，拔開皮壺的塞子，令得壺中的水，成一股極細的細泉，注向裘思慶的口唇，同時，伸手在他的口唇中輕撫了一下，令得他的口張開一些，好讓水流進去。

那人也不能肯定是不是可以救得轉人——人是在九死一生的邊緣上掙扎，不如此，身邊不會有食屍鷹。人是不是可以救得轉，要看他是不是嚥得下這一口水，這一口水，沙漠上討過生活的人都知道，是真正的救命水。

注入口中的水，很快就注滿了裘思慶的口，有一點滿溢了出來，那人便不再注水，回頭向那些食屍鷹看了一眼，從牠們的行動中，可以得到那人究竟是生是死的判斷。

食屍鷹在不安地撲着翼，那人再轉過頭去，首先看到的是那柄匕首，匕首在陽光下，看起來如同是被一團七彩流轉的寶光所籠罩。

接着，這人看到裘思慶的喉間，突然跳動了起來，跳動得十分劇烈，像是要裂喉而出，他口中的水，正在迅速消失，隨着他喉結的急速跳動，自他的喉間，發出一種可怕的聲響，難以形容。

那人吁了一口氣，開始向裘思慶的口中，注入第二口水，這時，幾頭食屍鷹已經振翅飛了開去，這一切都表明，裘思慶在最後關頭，被救活了。

那人一共在裘思慶的口中，注入了三口水，然後，就遠遠退了開去——退開了約有二十來步，而退開之前，這人取走了那柄寶光四射的匕首，在退走之後，這人把匕首拔出鞘來，看了一下，在那一剎間，看到這人的身子震動了一下，想來是由於匕首的鋒利所致。

這人的臉面，在白布的籠罩之下，看不清楚，只看到一雙眼睛，在寶光的反映下，這雙眼睛彩光流轉，在匕首出鞘的時候，在刀身的寒光反映之下，眼睛又深邃如海洋，如果凝神看這雙眼睛，虛無縹緲，難以捉摸之極——這雙眼睛的眼珠，竟然是淺灰色的，極淺極淺，淺得幾乎是不存在的淺灰色。

這人一定不是第一次在沙漠中救臨死的人，至少，這人知道應該怎麼做。

三口水進入身體，可以令得全身已濃得無法再流動的血又開始流動，死亡會離開。可是這三口水，也會引起又有了知覺的人，第一個恢復的知覺就是渴的感覺。

全身所有的肉，所有的骨頭，都感到渴，會渴得叫人瘋狂，有這種乾渴感覺的人，會不顧一切撲向水，就算明知一伸手，那隻手就會被砍下來，那隻手還是會自然而然伸向水。

而如果他搶到了水，他會不顧一切地喝，結果是他久乾的肺會被水充滿，死亡會重臨——不是渴死，而是溺死，和溺死的人一樣，肺裏全是水。

所以，這人知道被救的人快要醒過來時，就先退開去，才恢復知覺的人，不會有那麼多的氣力，隔那麼遠的距離來搶水喝。

裴思慶雙眼沒有張開之前，身子一挺，已搖搖晃晃，站了起來。

在烈日之下，這位錦衣玉食的長安大豪，全身赤裸，身上的皮膚，如同龜裂了的田地一樣，有着縱橫相間，看起來十分深的裂痕，可是在那些裂痕中，卻並沒有血水滲出來。

他高大的身形，搖搖晃晃地站着，一頭又乾又枯的頭髮，和虬髯糾纏在一起，看起來，要辨出他是一個人，也並不是容易的事。

他的身子始終沒有站穩，他的口和雙眼，一起張了開來。自他口中發出來的那一下叫聲是：「水。」

自他張開的雙眼之中，射出急切而又混濁的目光，一下子就在那人的水壺上，然後，出乎那人意料之外的事發生了。

在這樣乾渴中的人，能夠看穿皮壺，看到皮壺內的水，他所看到的水，給了他氣力，他陡然之間——一躍向前，像是一個自天而降的怪物，一下子就到了這人的面前，手伸處，已把皮壺搶了過去。

那人發出了一下驚呼聲——雖然是驚呼，但是仍然十分動聽，那是一個女人的聲音，一個年輕女人的聲音。

這個年輕的女人，眼看着一個身形如此高大，瘦得骨頭一節一節凸了出來，形如鬼魅的男人，在一下子搶過了皮壺之後，甚至來不及打了開來，張口向壺口就咬，白森森的牙齒，竟然是如此有力，「喀」地一聲，把壺嘴咬了下來。

然後他大口喝着水。

那年輕女人急急叫：「慢慢喝！慢慢喝！」

可是這時，天地之間，只怕也沒有什麼力量可以阻止裴思慶喝水，好在皮壺中的水不多，不至於喝到他被溺斃的程度，所以她叫了兩聲，便不再叫了。當然，那時她並不知道，裴思慶根本聽不懂她的話，也聽不到她的聲音。裴思慶聽到的，只是水流過他的喉嚨，流進他身體之內的那種聲音。

大半皮壺的水一下子就喝光，裴思慶還在舔着壺嘴，他側着頭發了一會呆，像是在回味剛才水的味道，然後，他的五官一起動了起來，先是收縮，後來又放開。開始的時候，他腦中一片渾噩，根本不知道發生了什麼事，但是這時，他已完全清醒了。

他知道：自己獲救了！

救了自己的，就是那個披着白袍的人。

他一下子又跳到了那人的面前，喘了一口氣：「多謝閣下相救，這裏——」

他說到這裏，四面張望了一下，極目所望，仍然是天連沙，沙連天的沙漠，可是他還是問了：「這裏離長安多遠？」

那年輕女人也聽不懂他的話，只是定定地望着他。這時，在互望之中，裴思慶才注意到，在白布的遮蓋下，那人露出的一雙眼睛，眼珠竟然是霧一樣的淺灰色。

他伸手，去揭那人頭上的白布，那人陡然震動，後退了一下。這一個動作，令得裴思慶立即知道，這人是一個女人，他不再伸手，因為他知道，沙漠上有不少人，女人是不給人家看到臉面的。

同時，他也感到自己的赤身露體，十分狼狽，長安大豪經歷雖然豐富，可是也從來未曾這樣狼狽過。同時，他又看到自己的那柄匕首，在對方的手中，他情急地向匕首指了一指：「救命之恩，無以為報，閣下若是喜歡，這匕首就當是薄酬好了！」

那年輕女人側了側頭，像是想弄明白裴思慶在說什麼，可是卻又不明白，她俯了俯身，把匕首放在沙上，自己轉身，走向駱駝，在鞍旁的一個後袋中，抽出了一幅十分柔軟的氈子來，又走向裴思慶，再把那幅氈子，也放到了沙上。

裴思慶這時，已拾起了匕首，忙又把氈子拾了起來，圍在身上。

這時，他也感到異樣的口渴，他又道：「水，還有沒有？水！」

那年輕女人擰了擰頭，做了一個手勢，又發出了一下清嘯聲，一匹駱駝走了過來，在裴思慶的身前，跪了下來。

裴思慶直到這時，才真正肯定遇救了。

剛才兩隻腳，已經有一隻半進了鬼門關，這時，忽然又逃出生天，心情之輕鬆，難以形容，他伸手在自己的臉上撫摸着，真想仰天大笑。

可是他手觸處，臉上卻傳來了像刀割一樣的劇痛，那又令得他笑不出來。

不但是臉上被手摸到的地方像刀割一樣的痛，當他一跨步，想騎上駱駝去的時候，全身每一處地方，也都像是被刀割一樣地痛，令得他這個大豪，也不由自主，發出了可怕的嗥叫聲來。

乾裂的皮膚，本來是麻木了，連痛都感覺不到的，這時，痛的感覺才回來。

他伸手按住了駱駝的頭，痛得除了大口喘氣之外，什麼也不能做，根本不能動。

那年輕女人顯然知道發生了什麼事，向他做了一個手勢，示意他留在這裏，裴思慶陡然叫了起來，神情恐怖之極：「不！不要留我在這裏，我不怕，再痛，我也要趕快離開沙漠。」

他一咬牙，就上了駱駝，駱駝一欠身站了起來，那一下顫動，又令得他發生了一下嗥叫聲——在那一剎間，他以為自己的身子已碎成了幾百塊了！

可是，他畢竟不是普通人，雖然痛得面上的肌肉歪曲，使他臉上的皮膚又多了一些裂痕，可是他在坐定了之後，還是自然而然，挺直了身子，儘管在那樣的情形之下，他坐在駱駝上，還是有一定的氣勢。

那年輕女人也上了駱駝，身手十分敏捷，她又發出了一下口哨聲，駱駝向前走去，裴思慶咬緊牙關，儘管痛楚一直沒有減輕，可是他非但不嗥叫，而且連哼也未曾再哼過一下。

那年輕女人騎着駱駝，走在前面，他緊跟着，還有一匹駱駝在最後面。裴思慶留意到是在向南走，他好幾次啞着聲音問：「我們到哪裏去？」

可是得到的回答，卻是他聽不懂的話，那使他明白，他和那年輕女人之間，無法用言語溝通。

那年輕女人一直在回頭看他，她的眼珠十分淺，所以什麼顏色，都能在她的眼珠之中反映出來，藍天白雲的時候，她眼珠是藍色的，當夕陽西下時分，她的眼珠之中，竟然是一片艷紅，奇妙無匹。

裴思慶知道自己獲救了，他想到是：自己所發的毒誓，竟然沒有應驗。

他絕不願意再去想那件事，可是，毒誓沒有應驗，他並沒有餓死、渴死在沙漠中，這件事，卻給他一種異樣的喜悅。

那種喜悅，超過了作姦犯科的人逃脫了法律的懲處——他逃脫的是神明的控制力量，他作了這樣的壞事，竟然不必應誓。

他甚至進一步想：自己是不是根本沒做什麼壞事，所以才會使得毒誓不應驗呢？

當他想到這一點的時候，他張口要笑，可是卻又是一陣劇痛，但是那並不能阻止他在心中大笑。

那可能是他一生之中，最開懷的一次大笑。他從來沒有那麼輕鬆過。自從做了那件事之後，就算他怎麼強迫自己忘掉它，總是有一個陰影梗在心頭，就像是喉嚨裏哽了一根魚骨頭一樣，並不是不去想它，它就不再存在。

而現在，在那樣的情形之下，他居然都不死在沙漠之中，可知那毒誓是根本不存在的了！

毒誓既然不存在，殺一個人有什麼了不起？

裴思慶這時候，神情一定古怪之極，因為他看到，前面那年輕女人回頭向他看來的時候，雙眼之中，有驚訝的神色。

這時，晚霞漫天，沙漠之上，十分平靜，突然之間，裴思慶看到了一個奇景。

他看到了一道相當深的深溝。

在任何地方，看到了一道深溝，都不足為奇，唯獨在沙漠上看到了深溝，才是奇談。

沙子是流動的，像水一樣，一定是由高處向低處流去，所以，沙漠中不可能有深溝——一有，流動的沙子就會將它填滿了！

可是，出現在他眼前的，卻又確然是一道深溝，不但是，而且，駱駝已經走進了深溝之中，深溝斜斜伸向下，溝很狹窄，走在溝中，向兩邊看去，可以看到兩壁的沙，都在向上動，竟然在地下有一股力量，把沙子噴向上，迫住了不讓沙子填進溝中來。

裴思慶看得目瞪口呆，那年輕女人轉過頭來，向他大聲說話，像是在向他解釋這種奇異的現象。可是，裴思慶卻聽不懂。

深溝愈來愈深，裴思慶又問了幾次，究竟是到什麼地方去，可是仍是一點作用也沒有。

這時，天色已漸漸黑下來了，裴思慶雖然從鬼門關中跳了出來，可是身子仍然虛弱之極，他開始要支持不住了，他緊緊抓住了韁繩，使自己不跌下來，可是眼前仍然陣陣發黑。

他想求助，可是還沒有出聲，整個人就像騰雲駕霧一樣，又進入了半昏迷的狀態之中，他倒十分享受這種情形，因為不少佈滿全身的痛楚，也不那麼明顯，像是漸漸在遠去。

等到他又有了知覺的時候，他所感到的，當然是遍體的清涼。

那種涼颼颼的感覺，舒服之極，像是在長安的華宅之中，雖當盛暑，可是柔娘卻用才從深井吊打上來的井水，替他在淋浴一樣。

一時之間，他想不起自己是在什麼地方，因為這種舒服的感覺，和生死一線的掙扎，相差實在太遠了！

他知道自己在快死的時候，全身的皮膚，都可怕地裂開，裂縫而且極深，在裂縫中滲出來的不是血，而是一種淺黃色的水。

這時，那種絲絲的涼意，都正從皮膚的裂縫之中，滲進他的身體之內，使他感到無比的舒適。他甚至不能確定這是不是一場夢，所以他不敢睜開眼來，唯恐一睜開眼，夢醒了，他會依然在沙漠之中掙扎。

他利用這個時間，把一切又迅速想了一遍，直到他肯定，從那場暴風帶來災難之後，他終於獲救，並沒有應了昔年所罰的毒誓，他也記起了自己曾在駱駝的背上，所發出的那一陣狂笑，他緩慢而深長地吸了一口氣，正準備睜開眼來時，就聽得一個相當沙啞，聽來很古怪的聲音，操着長安口音在說：「你醒了？你真是運氣好，聽說，在發現你的時候，食屍鷹的喙離你的頭頂，不到一尺？」

卒然之間，聽到了這一番話，裴思慶心中的高興，真是難以形容，他還未曾睜開眼來，淚水已疾湧而出。他是響噹噹的好漢，本來是不作興流淚的，可是這時，他完全不能控制。

他根本不知道說話的是什麼人，可是那幾句話鑽入了他的耳中，所產生的感覺是極度的親切，而那種親切，使得鼻子發酸，也令得淚水泉湧。

他睜開眼來，雖然淚水令得他視線模糊，可是他還是看到，在他身邊的，是一個形象十分怪的怪人，一臉皺紋，可是身形又矮小得出奇，當他定下神來之後，他立刻明白了，那是一個侏儒——一個天生比常人矮上許多的侏儒。

同時，他也看到自己，是躺在一個凹槽之中，凹槽約有兩尺深，注滿了一種綠色的水，而他的身子，就浸在這種綠色的水中，那種舒適無比的清涼感覺，自然就是這種綠色的水帶來的。而且，那個像是馬槽一樣的大凹槽，是一整塊白玉所雕成的——裴思慶十分識貨，一眼就可以看出，那是質地極佳的白玉。

（當整理資料，整到這一部分之時，溫寶裕叫了起來：「不得了，整個白玉來做浴缸，比羅馬皇帝還要豪奢，那是什麼地方？」）

（胡說道：「如果那地方恰好盛產白玉，那也沒有什麼，就地取材，白玉做浴缸，和石頭做浴缸，也就沒有多大的分別。」）

（溫寶裕仍是大搖其頭：「不可思議——那浴缸不知道還在不在？」）

（自然沒有人可以回答他的問題。）

裘思慶不但弄清楚了自己是在一個白玉槽之中，而且也看清楚，身在一個相當寬闊的大堂之中，大堂有四根柱子，每根都有一人合抱粗細，也全是白玉的，大堂的地上，鋪着一塊一塊的方形玉塊。整個大堂，氣派之大，連見過大世面的長安大豪裘思慶，也為之咋舌。

他的喉結上下移動了一會，才張開口，發出了聲音：「我在什麼地方？」

那侏儒一直在注視着他，一聽得他說話，侏儒的五官一起動了起來，樣子十分滑稽，侏儒的回答是：「你在天國之中。」

裘思慶呆了一呆：「天國？」

侏儒又用十分可笑的神情笑了一下：「是的，他們稱他們的地方為天國。」

裘思慶又大是疑惑：「他們？」

侏儒繼續擠眉弄眼，看來那是他的習慣。裘思慶知道，他也見過，在長安，有不少侏儒，從小就被訓練成逗笑的小丑，在雜耍班子裏混生活，眼前這個侏儒，一定也是這一類人，所以才會一開口說話，就有那種滑稽的神情，令人發笑。

侏儒道：「我從長安來，多年之前，被天國人在沙漠中救起來——在這裏的日子太舒服了，舒服到了根本不記得日子是怎麼過的！」

侏儒說着，提起一隻皮壺來，拔開塞子，裴思慶立時聞到了一股香味，那是淡淡的酒香，和淡淡的花香，裴思慶不由自主，吞了一口口水，他想伸手自那侏儒的手中接過皮壺來，可是他卻發現，浸在綠水之中，身子雖然涼浸浸地，舒服之極，可是卻一動也不能動。不但提不起手來，連頭也不能轉動。

他陡地吃了一驚，立時向侏儒望去，侏儒把皮壺伸過來，把壺嘴對準了他的口，還好，他還可以張開口來，他連喝了七八口那種似酒非酒、似水非水、香味撲鼻的液汁，長長吁一口氣。

接下來，侏儒所說的話，令得他驚疑參半：「你現在身子不能動，那是為了你好，你遇救的時候，只剩了一口氣，他們一直在沙漠中生活，知道像你這樣情形的人，應該如何施救！」

裘思慶雖然絕不喜歡自己的身子一動都不能動，但是也無可奈何，只好悶哼了一聲。

（身子一動都不能動，意味着只有任人宰割的份，一個武林大豪級的人物，當然絕不會喜歡。）

侏儒卻笑了起來：「你才從死亡關口闖過來，應該沒有什麼可以令你害怕的了，是不是？」

裘思慶又悶哼了一聲：「怎麼只有你？他們呢？救我的那個女人呢？」

侏儒的眼珠轉動，答非所問：「我剛才說，在這裏的日子十分舒服，連歲月都不記得了，那是對我來說，未必每一個人都這樣想。」

裘思慶一時之間，不明白他這樣說是什麼意思，當然他也無法有反應。

侏儒又道：「這裏……天國……的情形，有些特別……」他說了一句，卻又不說特別在什麼地方，話頭一轉：「看你的樣子，像是錦衣美食慣了的？」

裴思慶盯着對方，他十分有自信！若是從長安來，應當知道長安大豪的名頭，所以他一字一頓地道：「我叫裴思慶。」

他料到侏儒會知道自己的名字，可是卻想不到反應會如此之怪，只見侏儒突然睜大了眼睛，眼珠像是要從眼中跌出來一樣——那自然不再是他受訓的逗笑滑稽神情，而是真正的吃驚。接着，他連退了好幾步，本來他是雙手攀在白玉糟上的。在退開了幾步之後，他又大口喘着氣，指着裴思慶，想說什麼，可是一開口，卻又沒有發出聲音來，又立時緊緊閉上了口。

裴思慶接着問：「你聽說過我的名字？」

侏儒這才一步一步向前走來，又來到了近前時，他已完全恢復了正常，連連點頭：「自然……自然！長安大豪裴大爺，誰沒聽說過！」

在沙漠上掙扎求生的時候，一個腳伕和長安大豪，並沒有什麼不同，可是在不同的情形之下，不同的身分，就會有不同的作用。

裘思慶很明白這一點，所以他也自然而然，感到意氣甚豪，若不是他不能動彈，一定會有適合他身分的行動。

侏儒在走近之後，又餵裘思慶喝了三口香酒，才道：「裘大爺，救了你的，是天國的女主。」裘思慶呆了一呆，一時之間，他有十分怪異的想法，他的那種想法，十分模糊，只是一個概念，可是隨接，侏儒的話，使這個概念變得清楚。

侏儒的眼珠轉動：「天國的情形很怪……歷代都是女主，而且女多男少，男人少到了……極少極少……少到了我在這裏那麼多年，竟不知有多少男人，因為……所有的男人都受到嚴密的保護，不是人人可以看得見的。」

裘思慶緩緩地吸了一口氣，他自然知道自己是一個男人，一個壯健之極的真正的男人。

他也想到，自己和那個灰眼珠的女人——天國的女主之間，會有什麼事發生。

# 第八部

## 天國的規矩是絕對不能説謊

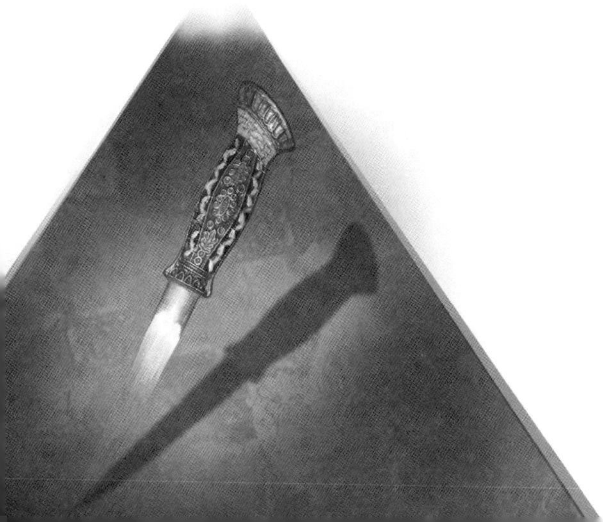

一想到這一點，裘思慶感到了一股莫名的興奮。

天國的女主，雖然是一國之主，但因為是女人，在裘思慶的一生之中，還未曾見過不可征服的女人，尤其是在一個只有極少男人的地方，他，一個壯健之極的男人，會有什麼樣的地位，可想而知。

裘思慶當然也可以料得到，這個女多男少的國度，不可能是什麼大國，多半只是一個城堡，仗着沙漠作屏障，才沒有被別的部落征服，甚至，它的存在，只怕都不是很為人知。

但是一個國度畢竟是一個國度，如果由他來當一國之主，那也當然和女主當國，大不相同，說不定以一國之主的身分，回到長安，連大唐天子，都要以禮相待。

（翻譯草書到這裏，出現了「大唐天子」一詞，可知故事發生在唐朝。但是在哪一年，卻不知道了。）

裘思慶感到了一陣莫名的興奮，那侏儒十分善於鑒貌辨色，裘思慶雖然全身不能動，可是眼神和神情，都表示了他的興奮，侏儒點了點頭：「是的，裘大爺，你將成為女主的丈夫。」

裘思慶當然不會表示反對，因為他十分樂意在九死一生之後，又有這樣的奇遇，那和一步登天，也差不了多少，令他感到自己，幸運之極，一定是一生之中，或是上一輩子，做了許多好事，所以才會有這樣的結果。

他自然而然，笑了一下，那侏儒也湊興道：「恭喜裘大爺了，不過，還有幾件事，一定要做。」

裘思慶心情好，所以他的回答十分輕鬆：「我現在一動也不能動，可以做什麼事？」侏儒道：「不必你做，只要你説就可以了……」

裘思慶有點不明白，就在這時，有一行八個穿着白袍，又用白布包着臉面的人走了進來。雖然看不清臉面，但是從體態來看，這八個都是女人。

這一行八個人的右手，都拿着一卷羊皮，左手則是一隻方形的盒子，一直來到了玉槽之旁，才盤腿坐了下來，攤開了羊皮，打開盒子。

裴思慶在她們才一進來之時，由於他是赤身露體躺在玉槽之中的，雖然槽中的水顏色相當深，他仍然不免大是尷尬，直到八個女人坐了下來，他才鬆了一口氣——玉槽相當高，人坐在地上，就看不到他了。

他斜眼看去，看到盒子打開之後，盒子的一半，全是硃砂泥，另一半，是幾枝樣子很特別的筆。

裴思慶不知道她們要幹什麼，那為首的一個女人開了口，聲音高而尖厲，有一種無比的威嚴，聽了之後，像裴思慶這樣的大豪，也不免心中打了一個突。

那女人道：「女主請你先說你那柄匕首的來歷。」

裴思慶怔了一怔，沒有立刻回答。

那女人又提高了聲音，以至聽來令人更不舒服：「天國的規矩之一，是絕對不能說謊！」

裴思慶先是一呆，隨即，他真想哈哈大笑——絕對不能說謊！這樣的規矩，聽來十分權威，可是實際上，一點用處也沒有，說了謊，上哪裏求證去。

而且，要人不說謊，也是根本沒有可能的事。

不過，裴思慶當然沒有笑出聲來，反倒現出了十分誠懇的神情。

那女人說的漢語，十分生硬，可是居然也帶有長安的口音。這時，侏儒在一旁說了一句：「這裏會說漢語的人，都是我教的。裴大爺，我勸你守天國的規矩，真的，還是不要說謊的好。」

裴思慶皺了皺眉，表示了他的不耐煩，侏儒不再說什麼，裴思慶這才道：「是一個……女人給的。」

那女人「哼」地一聲：「這算是什麼？要詳詳細細地說，一點一滴都不能漏。」

裴思慶十分惱怒，想要責斥對方。可是一來，他那時一動也不能動，人家要是一翻臉，他一點反抗的餘地都沒有。二則，有可能成為一國之主的誘惑力十分強——雖然實際上他只是會成為「一國之主的丈夫」，可是他幾乎連想都不必再想，就把自己當成了一國之主。

三則，他得到匕首的經過，在他的回憶之中，常常出現，是他感到十分自豪的一項經歷，所以他也樂於向別人說出來。

有了這三個原因，所以雖然那女人的語氣，不是十分恭敬，他還是詳詳細細把經過說了出來。

從他一開始說，那八個女人之中，就有一個動筆，飛快地用筆蘸着硃砂，在羊皮上寫着字。裘思慶側眼看去，那些字彎彎曲曲，他一個也不認得。一個女人寫滿了一張羊皮，就由另外一個接上去寫。雖然他不認識字，可是也可以知道那些女人是在記錄他所講的經過。

裘思慶不知道自己說了多久，估計至少有一天一夜的時間——真如那位侏儒所說，完全不知道時間是怎麼過去的，他一直浸在玉槽的綠水之中，涼浸浸地，十分舒服，每隔一些時候，侏儒就餵他喝上幾口那種花香撲鼻的酒水，他也不覺得飢餓。

他真的說得十分詳細，而在敘述開始之後不久，有一個相當怪的現象，頭幾次，他還以為是偶然的，可是次數多了，卻令得他心頭發怵，在講述的時候，再也不敢有任何保留。

那怪現象是，每當他說到有不想說的地方，想略過去不說的時候，那八個女人必然會有不尋常的行動——最通常的是在記錄的那個女人，會忽然停筆不書寫，其餘的人就都站起來，居高臨下看着他。

那些女人雖然都蒙着臉，可是目光卻十分銳厲，叫人不敢逼視。

而且，裴思慶是赤身露體仰躺着的，而且，一動也不能動，在這樣的情形下，長安大豪的威勢，蕩然無存，不得不把想略過去的經過，也講了出來。

到後來，他簡直十分吃驚，並不懂得何以那八個女人會知道他的敘述在哪裏有不盡不實之處！

裴思慶開始敘述的第一句話還是那一句：「這柄匕首是一個女人給我的，這個女人的名字很怪，叫金月亮，我不知道她是哪裏人，當然不是中土人士，她有蜂蜜色的頭髮，個子和我一樣高，一站起來，一雙腿，就比中土女子整個人還高，眼大鼻高，全身有一種撲鼻的香氣，是我一生中僅見的美女。」

他用這樣的開始，來敘述他的那段經歷，自然是這個女人給他的印象深刻之極的緣故。

事實的確是。

那是裘思慶第一次率領駝隊西行，第一次，總是十分新鮮刺激的事，裘思慶心思縝密，準備十分充分，嚮導都是最有經驗的——包括最後那個死在沙漠中的老嚮導在內，由此也可以知道，在很多情形之下，經驗實在也沒有多大的用處。

一路西行，都平安無事，沙漠中常有強盜出沒，各族的強盜都有，所以裘思慶的駝隊中，有十來個武功很高的高手在內。

西行第十七天，進入了沙漠之後不久，果然遇上了一隊由一個匈奴人帶頭的強盜，那匈奴大盜滿身金光，用一柄彎刀，看來兇悍之極，騎一匹無鞍駱駝，旋風一樣，捲進了駱駝隊之中，手中彎刀起處，一下子砍斷了七個駱駝架子，駝背上寶貴的貨物，全跌在沙漠上，他的手下隨即策騎狂飇一樣趕到，一手揮刀，一手拿着撓竿——一頭有鐵鈎的長竿，向跌落的貨物邊鈎去，駱駝不停蹄，一鈎中，就在沙上拖出去，轉眼不見，就算駱駝隊僱有保鏢，也鮮有不失貨的，因為他們的行動太快。

這隊由匈奴大盜帶隊的強盜，號稱「旋風」，他們不是搶了一次貨就算，一次得手之後，轉頭又旋風一樣捲了回來，神出鬼沒，可以在兩個時辰之內，把一個有七八十匹駱駝的駝隊，搶個精光，防不勝防。

裘思慶在出發時，早就知道有這麼一幫盜匪在，所以他為自己準備了一匹腳程極快，千中挑一的快駱駝。匈奴大盜才一出現，一掠而過，裘思慶並不發動——也實在來不及發動。

等到七八個駝架子上的貨物包，滾跌到了沙上，裘思慶才一聲長嘯，向匈奴大盜追去，那時，匈奴大盜策騎的駱駝，已在八十米之外，駱駝撒開四蹄，捲起的黃塵滾滾，就若是一條黃龍在貼地滾動一樣。

可是裘思慶確是追了上去，他用力催策着駱駝，一面大聲酣呼。

他一開始行動，駱駝隊已立即應變，圍成了一圈，不讓匈奴大盜的手下接近，那十幾個武林高手，也各自執了兵刃，守在最後面，十幾件不同的兵刃，在陽光之下，閃起一片精光，氣勢已是懾人。

盜隊也有將近二十人，旋風也似捲到，一見到這樣的陣仗，已經呆了一呆。已令得他們勒住了扭繩的原因卻是他們看到了從來也未曾見到過的景象：有兩匹疾奔的駱駝，在沙漠上帶起兩股黃沙，滾滾向前！

在前面的那一匹駱駝，是他們的首領，盜伙自然知道，可是還有一匹的策騎者是什麼人呢？什麼人有那麼大的膽子，敢在沙漠上追逐旋風大盜？

盜隊一勒住了駱駝，已沒有了衝刺的銳氣，而就在他們驚疑不定的時候，那十幾個武林高手，已經發一聲喊，直衝了上去，盜隊倉惶應戰，一上來就吃了虧，還有幾個受了傷的，鮮血噴出，碧血黃沙，銳氣一失，敗象已成，哪裏還顧得搶東西，從原路疾退了開去，那些武林高手也沒有再追。

盜隊退出了一里多，就不再移動，沙漠上極目千里，沒有遮隔，多遠的情形都看得見。駝隊看到盜伙停了下來之後，和駝隊所有的人一樣，也都在看着愈馳愈遠的匈奴大盜和裴思慶。

裴思慶一直「咬」在匈奴大盜的後面，相距漸漸接近，在馳出了五六里之後，距離已只有十來丈了！

裴思慶大聲呼喝，匈奴大盜連連回頭——他一回頭，就沒有法子再向前奔馳了，因為他看到自己的盜伙，和駝隊的人，都在看着他們。

作為一個大盜，若是在這樣的情形之下，只是一味奔馳，那以後怎麼再做盜隊的首領？

所以，匈奴大盜往斜奔了開去，一看這種情形，裴思慶也放慢了勢子，匈奴大盜在沙漠上，迅疾無比地兜了一個圈子，迎面向裴思慶撲了過來。

裴思慶一抖韁繩，也迎了上去，匈奴大盜舉的是一柄晶光閃閃的彎刀，裴思慶用的是一柄彎背薄刃的鬼頭刀，刀身精藍一片，又重又利。

兩匹駱駝迅速地迎面相遇，等到兩匹駱駝各自一揚脖子，無可避免地要撞上去的時候，匈奴大盜和裴思慶的刀，已經鏗然相交。

匈奴大盜在一刀砍出之後，是不是還有什麼殺着，就不知道了，因為裴思慶的動作，實在太快，刀才一交鋒，裴思慶的身子，已從駱駝的身上，翻了下來，身在半空，第二刀已經反手砍出。

匈奴大盜可能連刀的來勢都沒有看清楚，鬼頭刀已經砍中了他的背部——裴思慶反手砍出那一刀時，是背向着匈奴大盜的，在感覺上，他知道自己已經得手了，他身子繼續前翻，落地之後，着地一滾，一躍而起。

當他站定之後，他不禁呆了一呆，原來就在那一刹間，被他一刀砍中了的匈奴大盜，整個人伏在駱駝上，雙臂緊抱住駱駝的脖子，已在十多丈開外。

看來，匈奴大盜是在一中刀之後，立時身子伏向前，抱住了駱駝的脖子，那匹駱駝立時向前飛奔，負着匈奴大盜逃走。

陽光奪目，裴思慶一時之間，也未曾看得清匈奴大盜傷得怎麼樣——肯定是受了傷，但如果給他負傷逃走，大是可惜，若能為沙漠上的商旅，除此一害，那是名揚西疆的大壯舉。

所以裘思慶就身子彈起，又落在駱駝背上，刀身一側，拍在駱駝身上，駱駝向前奔出，黃沙滾滾，追着匈奴大盜，一直追了下去。

這一追逐，更是快疾，盜伙明明白白看到首領受了傷，發一聲喊，往來路退了開去——看來並沒有什麼義氣，不再顧他們的首領了。

盜匪的行為，都有一定的規律：當他們處於強勢的時候，兇悍萬分，而當他們處於劣勢的時候，就一定抱頭鼠竄，橫行沙漠的匈奴大盜受創，已使得盜伙氣怯，自然溜之大吉。

裘思慶是第一次涉足沙漠，所謂初生之犢不怕虎，不知道沙漠之上充滿了死亡陷阱，所以他才會毫不考慮地直追下去。後來，當他對沙漠熟悉了，回想起他那次的勇敢行徑，仍然不免會感到一股寒意。

向前看去，匈奴大盜在駱駝上不動，也沒有策騎，自然被裘思慶漸漸追了上去，這時，前面陡然生出了一座峭壁，像是一座屏風一樣，擋住了去路，向兩面看去，都看不到那座山崖的盡頭，而前面的駱駝，還在向前飛馳，直到裴思慶看到，匈奴大盜竟然連人帶騎，從一道要到近處才能看到的山縫之中，擠了進去。

裴思慶趕到了山縫之前，勒住了駱駝，那山縫只有幾尺寬，僅可供一匹駱駝進去，隱蔽之極，而且山縫進去不幾丈，就轉了彎，並看不到山縫裏面的情形。

裴思慶不禁大是躊躇，這山縫如此隱蔽，看來是匈奴大盜的秘密巢穴，連別的盜伙都未必知道，自己是不是追進去？裏面有沒有埋伏？

他想起了「窮寇莫追」這句話，決定不追進山縫去，他勒着轠繩，在山縫外停了片刻，只覺得這道山縫，愈看愈是神祕，像是裏面隨時可以有千軍萬馬殺出來一樣，所以他不敢久留，回頭馳回駝隊去。

（裴思慶的這一段遭遇，自然是他浸在白玉浴缸中的時候，向那個侏儒和那八個白衣女人講出來的。）

（那八個女人在聽裴思慶叙述的時候，極少發問，只顧記錄。但是當他説到這裏的時候，有一個白衣女人問：「這座峭壁的正確位置，你記得嗎？」）

（裴思慶記得，他把那座峭壁的所在地說了，白衣女人沒有再問下去。）

裴思慶在到達駝隊遇盜處之前，已有幾個人迎了上來，裴思慶和他們相遇，說了情形，各人也都不贊成追進去，反正這一戰，已大是佔了上風，匈奴大盜的傷勢不論是輕是重，都不敢再來生事了。

當天晚上，他們在沙漠中紮營，裴思慶的營帳，自然極盡奢華之能事，甚至有舒適的竹榻，可以供他躺臥，騎了一天的駱駝，鐵打的漢子也會感到疲倦，裴思慶喝了一些酒，感到最大的憾事，是沒有女人在身邊，那使他有點浮躁不安，又大大喝了一口酒。

然後，當他準備閉上眼睛的時候，他陡然呆住了。、

營幕掀開，一個女人低頭走了進來，他先看到的是一頭蜂蜜一樣、閃閃生光鬈曲的長髮。

裴思慶在長安，見過不少來自西方的胡姬，知道西方女子的頭髮，什麼顏

色都有，甚至有火紅色的。那一頭美麗的頭髮，並不能使他震驚，令他吃驚的是，他正渴望有一個女人，卻真的有一個女人，進了他的營幕，那使他懷疑自己看到的，是不是事實。所以，他只是盯着那女人看，一點也不出聲。

那女人低着頭進來，一進來之後，就直起了身子，身量極高重——至少裴思慶一生之中，就沒有見過那麼高的女人，長安四大院中，也常有來自西方的妓女，也有個子很高的，可是也不如眼前這一個。

這女人的年紀看來很輕，眼大鼻高，她一進來，營幕之中，就捲進來了一股撲鼻香氣。

她的衣着，也十分奇特，其實不能算是衣服，只是一幅布，包着她的身體，一雙頎長的大腿，幾乎一大半裸露在外。

裴思慶全然不知道發生了什麼事，他又大大喝了一口酒，卻見那女人來到了竹榻之前，跪了下來，大眼睛閃動，望定了裴思慶。

裴思慶只覺得在她的目光的逼視之下，整個人像是跌進了火爐一樣，

「轟」地一聲響，起自腦際，蔓延全身，哪裏還理會得這女人是人是妖，是精是怪，一欠身，就拉着那女人，一起滾跌在竹榻之上，壓得那張湘妃竹榻，「吱格」直響。

然而也就在那一剎間，裴思慶卻又一下子像是跌進了冰窖之中，遍體生寒。

那女人也被他擁在懷中，壓在身下，裴思慶已可以感到她的身體是那麼柔軟而充滿彈性，必然可以帶來極大的歡樂。

可是這一切，卻都敵不過眼前那一柄精光閃耀的匕首所帶來的恐懼。

裴思慶甚至根本不知道她是什麼時候出手的，只是精光一閃，匕首的尖端，已經抵在他的眉心之上。雖然在這樣近的距離，很難看得清楚這柄匕首的真面目，但是他對兵刃有豐富的經驗，發自匕首鋒刃上的寒意和殺氣，使他絕對肯定，握着匕首的人，不必用什麼力道，就可以把那柄匕首，整個插進他的腦袋之中。

營幕之中其實不是很光亮，可是匕首的閃光映着那女人的臉，甚至可以看到她額上的汗毛，她的眼珠反映着匕首上的寒光，看來怪異之極。

裴思慶一動也不敢動，也不敢張口叫，因為那女人已完全佔了上風，他變成了待宰的羔羊。他也可以肯定的是，那女人在盯着他看，用她那一雙閃閃生光的眼睛，盯着他看，甚至根本不眨眼。

裴思慶面對着死亡，可是他畢竟是武林大豪，還是十分鎮定，雖然遍體生寒，可是並沒有驚恐的神情，他反盯着那女人。

不知道過了多久，兩個人都沒有動，匕首尖仍然抵在裴思慶的眉心，然後，忽然之間，情形有了變化，那女人閉上了眼睛。

由於那女人的眼睛，在匕首精光的反映之下，看來是如此之明亮，所以當她一閉上眼睛之後，裴思慶只覺得眼前一黑。在那一剎間，裴思慶心中暗叫了一聲：「完了。」他認為她一定會動手殺人了。

可是又過了一會，他突然感到了一股暖暖的、芳香的氣，噴向他的臉上。

他看到那女人長長地吁了一口氣，手向外一垂，手中的匕首，落到了地上。

裴思慶死裏逃生，心中的興奮，當真是難以形容，他卻不先去搶那柄匕首，反倒吸了一口氣，狠狠地去吻那女人的口唇。

接下來發生的事，裴思慶清楚地記得，可是回想起來，卻又騰雲駕霧一樣，他喝了許多酒，那女人也喝了許多酒，她喝烈酒像是倒水一樣。她會講漢語，告訴他，她的名字是金月亮，是匈奴大盜的女人。他殺了匈奴大盜，她要報仇，可是下不了手，於是只好投降，反倒變成了他的女人。不過，她屬於沙漠，不能跟他到中土去。那柄匕首是匈奴大盜在一次行劫之中搶來的，據說是波斯王所用的東西，裴思慶愛不釋手，自然也就為他所有了。

這是一個夢幻一樣的奇遇，那個叫金月亮的女人，在這次旅程中，每天晚上，出現在裴思慶的營帳之中，早上就離去，沒有人知道這件事，裴思慶好幾次問她：「白天你到哪裏去了？」

金月亮的回答是：「我屬於沙漠，要在沙漠中跟隨你們的駝隊而不被發覺，太容易了！」

裴思慶試過，白天在行程中，一直遊目四顧，沙漠中萬里平疇，其實根本無可躲藏之處，可是就是看不到金月亮在什麼地方。

而每當晚上，營帳立起之後不久，她就會像幽靈一樣，避過各人的眼睛，掀帳而入。

一直到出沙漠的前一天，她才向裴思慶告別，等到裴思慶滿載而歸，回程之上，才進入沙漠的第一夜，金月亮又掀帳而入！

所以，這一次的西行，對裴思慶來說，簡直如同進入了仙境一樣。

在回程要走出沙漠的前一天，金月亮又要離去，裴思慶用盡了口舌，要她共往長安，可是金月亮只是不答應。

等到天快亮，金月亮出了營帳又回來，告訴了裴思慶一番話：「這柄匕首，據說是波斯王的東西——是真神賜給波斯王的，真神賜予的時候，曾說這匕首代表了真神的力量，威力無窮。可是波斯王卻在得了匕首之後不久，被羅馬人打得大敗。」

（我們譯讀羊皮上的記載到這一部分時，白素忽然問：「羅馬人大敗波斯，這是哪一年發生的事？」）

（我的回答是：「羅馬人和波斯人一直在打仗，輸輸贏贏，也不知有多少次了！」）

（溫寶裕手腳快，在書架上取下了一本歷史紀年的書來，翻了一翻，道：「波斯被大食人所滅，是在公元六四一年，嗯，公元六二七年，就是大唐貞觀元年，羅馬曾大破波斯。」）

（白素深深嘆了一口氣：「大抵就在那些年間的事，唉，其實也不算太久，不到一千四百年！」）

（一千四百年，真的不是很長的時間，可是已經從唐朝到如今，不知經歷了多少興衰了！）

金月亮在離去之前，繼續向裴思慶講那柄匕首：「波斯王認為真神不會騙他，匕首上一定有着強大的力量，只是他不懂得發揮而已，所以他召集了許多智者，一起來研究，可是一點也研究不出，波斯王這才派特使，把匕首送到中土來，看看中土是不是有什麼聰明才智之士，可以參透真神的旨意。可是匕首沒能到中土，就落入了匈奴大盜的手中。」

金月亮臨別依依：「這匕首一定是寶物，所以最好別輕易給人看到。」

裴思慶萬般無奈，看着金月亮離去，那柄匕首自然成了他最寶愛的物件，誰也不讓看，連柔娘都沒有看到過。

裴思慶在第二年，急急籌備第二次西行，可是進入沙漠之後，金月亮卻並沒有再出現。裴思慶自然失望之極——金月亮成了他記憶中最美麗的部分。

當裴思慶講完了他得到那柄匕首的經過之後，又發生了一件十分奇怪的事，裴思慶把這件事，記得十分詳細。

在羊皮上的草書，裴思慶在他和金月亮之間的纏綿上，加了許多批註，可是這些批註，大都「兒童不宜」，所以全略去了。

# 第九部

# 一樁唐代人和現代人都難以明白的事

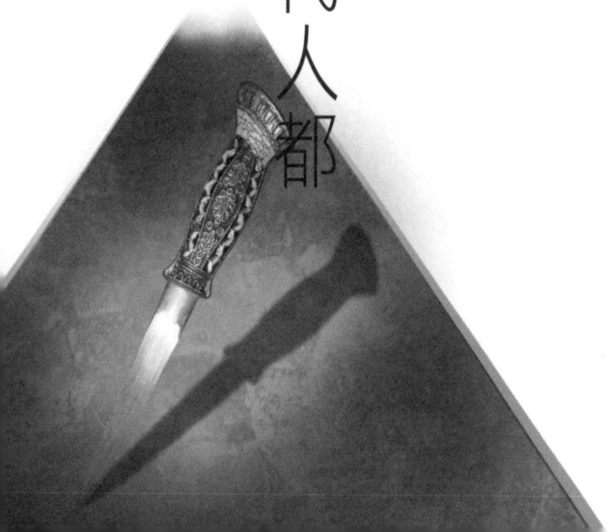

那八個白衣女人，對於裘思慶的敘述，似乎表示了滿意，裘思慶那時，仍然一動都不能動，身子也仍然浸在清涼的液體之中，雖然他不是很喜歡這種情形，但既然十分舒服，他也沒有提出要改善。

這時，八個白衣女人之一，站了起來，雙手捧着一個玉盤，來到了裘思慶的旁邊，把玉盤略側，方便裘思慶看到玉盤中放的東西，就是那柄匕首和鞘，匕首放在鞘的旁邊。

那女人問：「就是這一柄，金月亮説真神賜給波斯王的，就是這一柄？」

裘思慶大聲答：「是！」

他自然絕對可以肯定，因為這柄匕首長時間在他的身邊，他不會認錯。

那白衣女人退了下去，接下來發生的事，裘思慶在記述之中，認為怪異到了難以想像的地步。我們看了他的記載，也覺得事情十分怪異。唐朝人和現代人的想法一樣，自然是事情的本身，實在太叫人猜不透是什麼性質之故。

溫寶裕的意見是：「這傢伙在胡説八道。」

胡說十分沉着：「他沒有理由胡說，那是他親身的經歷，他不明白，所以記了下來，記得還十分詳盡。」

溫寶裕又咕嚕了幾句，我和白素也是滿腹狐疑，不知道裴思慶的遭遇之中，何以會出現這樣的局面。

以下，就是裴思慶確認了玉盤中的匕首，就是金月亮給他的那柄之後，兩個白衣女人，走了出去，在那片刻之間，沒有人說話，十分寂靜。裴思慶想問，自己什麼時候可以開始行動，就看到那兩個白衣女人又走了回來，兩人合力抬着一隻相當大的玉箱子，長方形，看來像是玉雕成的棺材。

裴思慶這時，心中不禁有點發毛，這種長方形的箱子令人聯想到棺材，又叫人害怕，是不是會把他放進去。雖然一眼就可以看出，那片一整塊的大白玉，名貴之極，但如果真是棺材，再名貴也不是好現象。

兩個白衣女人把玉箱子抬到了裴思慶的面前，卻把箱子，豎了起來，轉了一轉，裴思慶這才看到，箱子的上面，沒有蓋子——剛才抬過來的時候，裴思慶躺着不能動，沒有看到箱子的上面。

他一看就呆住了。

箱子之中，躺着的是——不，箱子豎了起來，在箱子中的人，看來也像是站直了一樣，那人不是別人，竟正是他日思夜想的金月亮。

裘思慶實在不知道發生了什麼事，他只是直勾勾地盯着金月亮。金月亮閉着眼，一動也不動，也不知是死是活，她全身赤裸，豐乳𡱂臀，蜂腰長腿，活色生香，裘思慶仍然可以感到她的肌膚潤滑和富於彈性。

可是隨即，裘思慶卻感到了十分驚恐——他是一個武學名家，對人的生死，可以立下判斷。金月亮在長箱子之中，一動也不動，胸口也不起伏，毫無呼吸的迹象，看來已經死了。

而更令裘思慶感到金月亮已死的是，那玉箱子的一面，並不是沒有蓋子，而是有蓋子的，只不過蓋子是透明的，透明度十分高，不是仔細看，覺察不出來。

裘思慶雖然是豪富，可是他也未曾見過那麼大幅完整無瑕的水晶。

（胡說和溫寶裕又有了小小的爭執。溫寶裕：「不是水晶，是玻璃！」）

（胡說道：「唐朝，哪有玻璃？」）

（溫寶裕「嘿」地一聲：「玻璃有三四千年的歷史了，古埃及人就會做玻璃！」）

（胡說道：「你看看記載，那麼大幅的玻璃，古時候可做不出來。」）

（溫寶裕和胡說，都向我望來，我也十分疑惑：「我以為這種方便憑弔者瞻仰遺容的棺材，是近代才有的，出現在唐朝，真不可思議！」）

（白素道：「而且是出現在沙漠的一個神秘的國度之中，更怪。」）

（討論或爭執，並沒有結果。）

裴思慶絕想不到會在這樣的情形下看到金月亮，所以他的錯愕，無以復加，他想問金月亮是死是活，可是喉間除了發出一陣怪聲之外，什麼話也講不出來。

這時，在金月亮躺着的玉箱子之旁的兩個白衣女人，其中一個問：「你認識她？」

裘思慶想點頭，才想起自己不能動，他掙扎了一會，才道：「是。」

那白衣女人又問：「她自稱名字是金月亮？就是她給你那柄匕首的？」

白衣女人問得不是很客氣，可是裘思慶實在覺得太奇怪，也不及去計較什麼了，白衣女人問一句，他就答一聲：「是。」

他還是想問金月亮是生是死，可是那白衣女人問得十分怪，不讓他有發問的機會。白衣女人又問：「她有說自己住在什麼地方？」

裘思慶怔了一怔：「她……從來沒有說起過。」

他在這樣說了之後，想起金月亮第一次出現的時候，曾說她自己是匈奴大盜的女人，而匈奴大盜在受創之後，由駱駝負着，奔進了一處峭壁的山縫之中，那地方有可能就是匈奴大盜和金月亮的住所。

裘思慶把想到的這一點說了，那兩個白衣女人像是對裘思慶的推測相當滿意。

她們又準備把那玉箱子抬起來，就在那一剎間，裘思慶看清楚了一點，使他發出了一下驚呼聲，也使他知道，金月亮死了！

那兩個白衣女人在要抬起玉箱子來的時候，先把玉箱子側了一側，在玉箱子之中的金月亮，當箱子豎立着的時候，她看來像是站在箱子之中，兩邊還有些空間，那麼，在箱子側向一邊的時候，她的身子也應該側向一邊才是。

可是，金月亮的身子，卻一動也沒有動過，仍然在箱子的中間。而在箱子略側之際，裴思慶又看到了箱子之中，有一種閃亮的光芒，那才使他驚呼——他起先以為那玉箱子有一個水晶的蓋子，這時，他才知道，玉箱子所盛載的，是一整塊透明的水晶，而金月亮整個人，是被緊緊嵌在水晶之中的！

裴思慶不明白何以一個人可以被嵌進了水晶之中，可以肯定的是，不論是什麼人，如果被嵌進了水晶之中，那麼當然不會再是一個活人。

他在玉箱子被那兩個白衣女人抬起之前，盯着看，可以肯定自己沒有看錯，也一點都沒有發現那塊大水晶有什麼拼湊過的痕迹。

裴思慶對這種怪現象，一定曾作過長時間的思考，所以有他的猜度。他的猜度是，一塊大水晶，自背面雕琢出了一個和金月亮人一樣大小，人形的凹槽，然後把金月亮放進去，再把水晶放進玉箱子之中。

至於為什麼要這樣對付金月亮，裴思慶也有了他自己的設想：如此處置，得以保持屍體不腐乎？乍見之際，栩栩如生，故難辨生死也。

（在這時候，又有了討論。我先發表意見：「這樣處理屍體的方式，奇特之極。可是除非是水晶和身體之間一點空間也沒有，不然還是不能達到保存身體之目的。」）

（白素皺着眉不出聲，我望向溫寶裕，溫寶裕也皺着眉，道：「這種情形，只令我想起琥珀——透明的而內中有小昆蟲的琥珀。」）

（我知道他指的是哪一種琥珀。琥珀是由樹脂形成的，當樹脂滲出樹幹時，如果恰好有小昆蟲被樹脂裹了進去，那麼，若干萬年之後，形成了琥珀，小昆蟲也就一直留在裏面，還是若干萬年之前的樣子。）

（也有「人造琥珀」的工藝品，把甲蟲或是金魚，壓進透明的塑料之中製成。）

（溫寶裕說金月亮的那種情形，使他聯想到了琥珀，但我卻更想到了那種工藝品。）

（我把我自己的想法說了出來，各人都駭然：「當時哪裏有這種技術！」）

（事情真的極怪，一個唐朝人不明白，我們幾個現代人，也不明白。而且我們所能作出來的「猜度」，比諸唐朝人來，也多不到哪裏去。）

裴思慶眼看着兩個白衣女人把玉箱子抬了出去，他對金月亮，總是十分懷念，問了一句：「她年紀輕輕，怎麼就死了？」

裴思慶在這樣問的時候，已經想到過，可能是天國中的人害死了金月亮，他如今身陷天國，又是天國的女主在沙漠中救了他的，所以他問的時候，已經盡量十分委婉。

他的問題，沒有人回答，那侏儒沉聲道：「你別問什麼，讓人家問你。」

裴思慶心中極不舒服，在他的雙目之中，也自然而然，現出了兇狠的神情。但是他畢竟知道自己的處境並不佳妙，所以他忍住了沒有再出聲。這時，他只是想：一切總要等自己可以行動了再說，身子一動也不能動，還有什麼好說的？

放置金月亮的玉棺抬了出去之後，那兩個白衣女人隨即回來，仍然坐在原來的位置上。

為首的白衣女人又道：「現在開始，說你自己的事，別的事不說，把做過的違心之事，說得詳盡些。」

那白衣女人的口吻愈來愈嚴厲，使裴思慶更不自在，甚至十分惱怒，他忍不住道：「怎見得我有違心之事？」

白衣女人聲音冰冷，而且凜然：「誰能沒有？」

裴思慶大口吞了一口口水，心中駭然，他當然是有違心事的，不但有，而且很多，要說起來，一時之間，如何說得完？

那白衣女人像是知道他在想什麼一樣，又給了他提議：「揀大的說，小事不必提了。」

裴思慶長嘆了一聲，大事，自然是見到了柔娘之後，起意殺死了結義兄弟那件事了。

這件事，他絕不想提，可是那白衣女人，在他遲疑的時候，站了起來，走近了一些，用極其淩厲的目光，俯視着他，令得他遍體生寒。

那種眼光，像是能看穿他五臟六腑，叫他不能不把所有的經過說出來。

那是一個十分悲慘的故事，也是一個十分卑鄙的故事，裴思慶說得十分詳細，他在叙述的過程中，並沒有對自己下了多大的譴責，反倒說自己在見了柔娘的美貌之後，神不守舍，是「人情之常」。又說如果他不先下手，叫對方知道了自己的意圖之後，也「必遭毒手」。更無恥的是他說娶了柔娘之後，對她呵護備至，使柔娘生活極好，若不是他一手造成，柔娘斷無今日之幸福，云云。

一件由他自己一手造成的，如此卑鄙的一件事，他竟然可以顛倒黑白，把自己開脱到這種程度。

在看到這一段記載之時，溫寶裕不知罵了多少句「無恥」，氣得俊臉通紅，手握着拳，狠狠地道：「這狗東西，不讓他應了毒誓，在沙漠裏渴死餓死，真是沒有天理。」

溫寶裕的這句話，倒是人人同意。

裴思慶對自己的一生，極多炫耀，自然不必一一記述出來了。

他一共在那個白玉槽中，浸了七日七夜——從第三天起，那個侏儒就定期用一個相當大的玉杓，把玉槽中的那種水，淋在他的頭臉之上，在那個時候，他就可以暫時住口，不講他自己的事。

七天之後，他全身的皮膚，開始脫落，在沙漠之中經過了那麼久的掙扎，他全身的皮膚，都乾枯得和百年老樹的樹皮一樣，七天之後，這層皮膚，自頂至踵，都脫落了，舊皮之下的新肌膚，比當日他養尊處優時更細滑，簡直連他自己看了都會喜不自勝。

他被扶了起來，這時候，他已經可以行動了，可是像是大病初癒一樣，全身乏力，行動也十分遲緩，一直有八個白衣女人在伺候他。

又過了七天，他才恢復了正常，當他知道自己的體力完全恢復了之後，他陡然提氣長嘯，身形展開，就練了一套他最得意的拳腳，當真是虎虎生風，矯健無比，到這時候，武技大豪裴思慶，才算是完全復原了。

然後，就是他和天國女主的婚事，照說，他應該十分滿意和感激才是，可是在字裏行間，他對那個女主，卻沒有什麼敬意，甚至有「疑其究屬何等女人」這樣的詞句。

可能是天國的女主並不能滿足他，所以他特別思念金月亮。

而且，金月亮如何會「身」在天國，又被嵌在一大塊水晶之中，這件事也令他感到困惑。

令得裴思慶十分不滿的是，可以在記述中看出，他的行動，不是十分自由，像「至此已歷六月，竟不知天國何所云哉」的句子相當多。可見他連這個「天國」的地理環境也沒有弄清楚。他也有不少的猜測，例如「所見一切，皆是美玉，豈身在玉山腹中乎」的疑問，也有七八次提及，於是，他就開始想知道金月亮的情形，究竟如何，因為上次看到她在大水晶之中，看來和生人無疑，「天國」中的一切，既然如此詭異，金月亮未始不能復生，如果是這樣，那就太好了。

從這裏開始，裘思慶的事，我要長話短說了，因為若是要詳細來說的話，實在太長，只好揀重要的說。

裘思慶先是向那個侏儒打聽，可是他每次，只要一提起來，在侏儒那張本來是十分滑稽的臉上，就會出現十分驚恐的神情，逃之唯恐不及。

自從裘思慶成為女主的丈夫以來，所有的人，都對他十分尊敬。他向那些伺候他的白衣女人問起，也沒有一個人肯答。

裘思慶心知其中一定有重大的秘密在，所以在一次和女主的相處中，他閒閒地問起金月亮送給他的那柄匕首，表示想要回它。

女主的回答，出乎他的意料之外，女主的神態和語氣，都極之冷淡（這或許就是他特別思念熱情如火的金月亮的緣故）。

女主說：「這柄匕首，是真神賜給波斯王的，不是你的東西，以後不必再問了。」

裴思慶一聽，不禁勃然大怒：「明明是我的物事，怎麼連問也不能問？」

女主的神情更冷漠：「你若是死在沙漠之中，又拿什麼來問？」

女主說這樣的話，一定不是第一次了，多半是每當裴思慶有什麼不滿或提抗議時，她就會這樣說。雖然她曾救過裴思慶，但裴思慶是一個極之桀驁不馴的人，這種人的心中，能有多少感恩圖報的心思？

於是，他的不滿更甚，他十分深謀遠慮，因為這時，他連自身在何處都不知道，而在沙漠之中生死一線的那種痛苦，記憶猶新，也使他不敢亂動。

天國中的歲月悠悠，裴思慶至少又過了一年，而在這段時間之中，有十分古怪的情形，記述在草書之中，有「余不見天日已年餘矣」——一年多沒有看到天日，他又懷疑自己是在一座玉山的山腹之中，可見他一直是在如同山洞一樣的建築物之中。

而且他也沒有見過別的男人，除了那個侏儒。見的女性，除了女主之外，也不會超過二十個，來來去去，都是那幾個，錦衣玉食，可是他過的是一種被軟禁的生活，裴思慶自然愈來愈無法忍受。

在這一年多的時間中，他學會了看「天國」的那種古怪文字，怪之極的一種現象——他看懂了那種文字，可是不會讀，所以，他並不通天國的語言。有許多次，當女主和白衣女人用他聽不懂的話，分明是在交談十分重大的問題時，當他是不存在一樣，因為他一句也聽不懂。

他曾提出過要學，可是遭到了女主冰冷的拒絕。有一次他十分惱怒：「我們是夫婦，我又要在天國長久居住，言語不通，算是什麼！」

女主的一句脫口而出的回答，曾使裴思慶黯黯思索了好久，女主的回答是：「誰會在這裏長久居住？」

女主在說了這句話之後，連忙又用別的話來掩飾，使裴思慶更覺得這句話的重要性。可是他卻琢磨不出這句話的意思來。

當時，女主為了要掩飾她的失言，甚至答應裴思慶，可以學一些簡單的天國語言。裴思慶也假裝十分高興，像是全然未曾留意女主的這句話。

這時，裴思慶愈來愈感到自己處在一個詭異之極的環境之中，他甚至於懷疑，所有的人，都是鬼而不是人，他感到無時無刻不存在的陰森氣氛，感到這群人神秘鬼祟之極，可是他卻又說不出所以然來。

這一年多之中，他主要的消遣，就是看他初來時那七天七夜，講述他自己的一生經歷時，那八個白衣女人在羊皮上所作的紀錄，而且自己加以批註、補充，並且他也料到所有人都看不懂他的漢字草書。

他在寫的時候，也肆無忌憚，可能他絕想不到一千多年之後會有人詳細研究他寫下的每一個字，所以他在寫的時候，絕不保留，當他寫到懷疑自己在鬼域之際，倒也真有令人感到鬼氣森森的感染力。

又是一場小小的討論。

白素首先道：「女主那樣說，應該不難理解，沙漠中的遊牧部落，很少在一個地方定居的。」

我嘆了一聲：「看他記述的這一切，不像是遊牧部落，那些人一直是住在那……山洞中的。」

白素又想了一會：「可能也一直想離去。」

我攤了攤手，沒有再說什麼，一千多年之前一個唐朝人想不通的問題，我們一樣想不通。

裴思慶在略通天國的語言之後，他的處境並沒有改善多少。又過了若干時日，在這段時間之中，他曾向女主問起過三次，有關金月亮的情形。據他自己說，一次比一次更需要勇氣，而問了三次之後，連他這個長安大豪，也沒有勇氣再問第四次了——因為他每次問起，女主的神色就難看之至，而且一次比一次難看，「幾如厲鬼夜叉」，畢竟他只是行動沒有多大自由的「女主丈夫」，而且他愈來愈感到情形的詭異，所以他也不敢造次了。

可是，也許是由於他在這裏久了，本來，如影隨形，總有幾個白衣女人，幽魂一樣跟在他身邊的，也漸漸不見了，他可以有更多的行動自由。

在這期間，發生了一件比較重要的事：那個侏儒死了。

侏儒在臨死之前，傳言來要見他，這看來是一件小事，可是對裴思慶來說，卻十分重要——在記憶中，他到了這裏之後，未見過天日，而在兩個白衣女人，帶他去見侏儒的時候，他才知道那時是晚上，因為在經過了一道長長的甬道之後，他一抬頭，就看到了星空。

他勉力抑制着自己心中的激動，循着白衣女人所指，走向一間小小的石屋。那侏儒就住在那石室之中。

裴思慶在那一刻，貪婪地打量着四周圍的環境。他看到了四面全是十分高聳的峭壁。在星月微光之下，山石的顏色白潔，看來竟真的全是玉。

而他自己正是從一座峭壁之中走出來的，那令他十分自豪地早有「置身於玉山腹中」的設想。

# 第十部

# 侏儒臨死之前的話

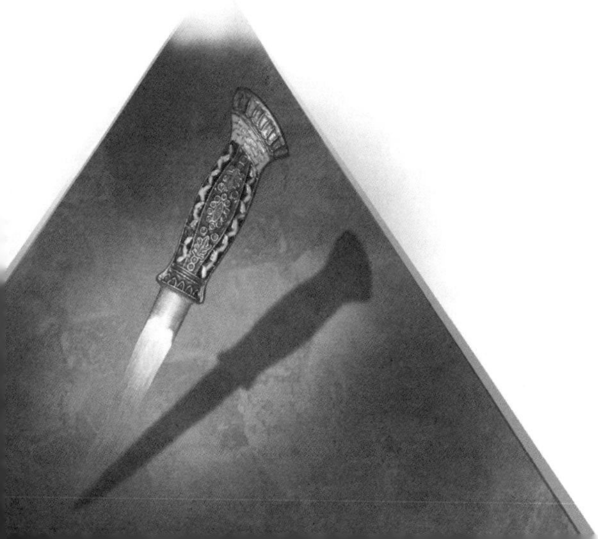

他在考慮翻越這些峭壁的可能性，自然，更重要的是，翻過了峭壁之後如何渡過沙漠。

他剛才在經過那甬道時，留意到兩旁都有不少門，門緊閉着，是不是門後面，都是天國的秘密呢？

他滿腹狐疑，推開了小石屋的門，就看到躺在一張玉榻上的那個侏儒。

這一段經過，是完全寫在一幅羊皮上的，那幅羊皮上沒有那種古怪的文字。顯然是在漫長、無聊的生活之中，裘思慶學會了事無巨細都記述下來的習慣——試想，在不見天日的日子裏，不找一些事來做做，悶也悶死了，把一切經過記述下來，倒也不失是一個打發時間的好辦法。

那一段經過，他也記得十分詳細，而且由於侏儒的話，頗有些出乎他意料之外的，所以也給了他不少震撼，他也發出了不少議論，自然都荒謬絕倫，像是世界上只有他一個人，他殺人放火都有道理，別人瞪他一眼都該死一樣，世上竟然有像裘思慶這種人，當真頗出乎想像之外。

雖然我一直對人性的卑劣面，都相當有認識，可是也都認為行為卑鄙的人，清夜捫心，都會有內疚之感，看了裘思慶毫不保留的自白，才知道這一類人的道德標準，完全是弱肉強食，把卑鄙行為當作是天公地道的事，大異於常，絕對不會內疚絲毫的，至於悔改云云，只怕更是仁人君子的憑空想像了。

忽然之間，連我也免不了大發議論，自然是由於看了裘思慶的記述，實在太氣人的緣故。

且說裘思慶一面用心打量周圍環境，一面又貪心地欣賞夜空，來到了那小石屋的前面，推門而入，屋中沒有燈，但有天窗，所以星月微光映進來，倒也可以看清，那侏儒躺在一個玉榻上，一見了他，掙扎着坐了起來，喘着氣——他在掙扎的時候，手腳亂畫，樣子看來十分滑稽。

裘思慶來到了榻前，拽過了一張椅子，坐了下來，盯着侏儒。侏儒喘得很厲害：「裘大爺……謝謝你……來看我，我快死了。」

裘思慶悶哼一聲：「沒什麼，反正我沒有事，而且，這裏，只有你我來自長安，其餘的，不知是什麼，人不人，鬼不鬼。」

侏儒的身子震動了一下，壓低了聲音：「裘大爺，你看出來了？」

侏儒的這句話，令得裘思慶莫名其妙。他說那些白衣女人「人不人鬼不鬼」，只不過是經年累月積下來的怨氣，發作一下而已，可是那侏儒卻這樣問他。

那難道那些白衣女人，真的是「人不人鬼不鬼」？如果是「人不人鬼不鬼」，那麼，介乎人鬼之間，又是什麼東西？

裘思慶在一時之間，無法反應，只是望着侏儒，侏儒的神情，也有着異樣的興奮，五官一起抽搐着：「我……我來得久了，又曾教她們學漢語，再加上我的樣子，所以她們並不提防我——」

裘思慶人何等精明，一聽到這裏，就疾聲問：「你知道了她們什麼秘密？」

侏儒吸了一口氣，先道：「我在不知不覺之間，學會了她們的語言，可又裝着不懂，其實，她們在說些什麼，我都聽得懂。」

裘思慶又追問：「她們有什麼秘密？」

臨死的侏儒，又喘了好一會氣，可是竟然並不回答這個問題，反倒雙眼之中，現出了十分狡猾的神色來，說了一句裘思慶做夢也想不到的說話，這句話才一入耳，裘思慶有好半晌，如同五雷轟頂，呆若木雞。

出自侏儒口中的那句話是：「裘大爺，我知道荀十九是你殺的。」

荀十九！裘思慶已很久沒有聽見這名字了，荀十九就是柔娘的未婚夫，是他的結義兄弟，也就是被他一匕首刺死了的那個青年人。

「十九」自然不是正式的名字，是他的排行，當時排行是連堂兄弟算在一起的，所以有排至三十幾的。

裘思慶自驚呆中定過神來時，他惡狠狠地盯着侏儒，雙手已揚了起來，想把侏儒捏死。可是，當他強有力的手指接近侏儒的脖子時，他發出了一聲冷笑，又縮回了手來。

這些日子裏，他的武功一點也沒有擱下，反倒更加精進，以他的這一雙手，若是要捏死侏儒，簡直和捺死一隻螞蟻一樣。

他冷笑一聲：「干你甚事。」

侏儒的眼皮下垂，眼珠在明顯地跳動着：「我曾是荀宅的家僮。」

裴思慶雙目瞇成了一線，他想起來了，當侏儒第一次聽到他是什麼人時，有過十分異樣的反應。荀家是長安著名的大族，家僮之中有侏儒，不足為奇。

這時，裴思慶冷笑一聲：「怎麼，你打算為主人報仇，名列義僕傳？」

他在這樣說的時候，自然極盡揶揄之能事，像是貓捉住了老鼠之後在玩弄一樣。

侏儒緊閉着的雙眼之中，擠出了兩滴混濁的淚水來：「十九公子待我極好。」

裴思慶抬頭大笑，在這裏，在這樣的情形之下，忽然提起了長安的舊事，他實在忍不住想笑。

侏儒的幽幽長嘆聲，在裴思慶的笑聲之下，聽來是如此軟弱無力，可是他的一句話，卻令得裴思慶陡然停止了笑聲。

侏儒道：「十九公子對柔娘也極好，甚至真心誠意，要娶她為妻。」

裴思慶面肉抽搐，盛怒之下，看來他的形容，十分可怖，他吼道：「柔娘的名字，你也配提？」

侏儒睜開眼，望着裴思慶，裴思慶發現自己的盛怒，對一個垂死的人來說，也發生不了什麼作用。而侏儒的反應，卻十分奇特，他居然笑了起來，笑得十分甜蜜，聲音聽來也充滿了喜悅：「我不配提？柔娘這個名字，就是我取的，柔娘是我的妹妹，親妹妹。」

裴思慶在陡然之間，張大了口，一時之間，難以再合攏來。他迅速在考慮着侏儒的話，是不是真的，但是他知道，那是真的。

雖然柔娘從來也未曾提起有一個哥哥，可能那是她不想自己的丈夫知道有一個地位卑微的哥哥。她的出身，裴思慶也不是很清楚，唐人作風開放，並不囿於門第之見，紅拂女是楊素的家伎，投奔李靖，李靖就一點也不嫌棄她的出身。

那麼，自然柔娘也有可能是荀家的家婢，荀十九和她相戀，也十分自然。

裴思慶只覺得這一切十分滑稽，令得他不知說什麼才好。侏儒在這時嘆了一聲：「正因為有這種關係，所以我垂死了，想見見你。」

裴思慶悶哼了一聲：「是想我告訴柔娘，你客死在沙漠異域之中？」

侏儒緩緩搖頭：「不，為了不想柔娘失去丈夫，我要指你一條可以脫身的道路。」

裴思慶聽到這裏，心頭狂跳，高興之極。

侏儒一開口就指斥他殺了荀十九，他幾乎沒有一出手就把侏儒捏死。而如今，侏儒竟然是他的妻舅，又要指點他的出路。

這樣的轉折，自然意外之至。

（整個故事，東拼西湊，凌亂之極，一開始的時候，只是一堆亂放的環。可是慢慢地，這些環一個個聯了起來，故事也漸漸完整了。）

（所有的環，終於將聯成一整條鍊，在這個過程之中，少一個環都不行——

如果侏儒不是和裘思慶有這種關係在，以後故事的發展，就會完全不同。）

（世上許多許多事，許多許多人的命運，其實都是一個這樣的形成過程。）

裘思慶掩不住興奮：「怎麼脫身，快說。」

他怕侏儒一口氣轉不過來，就此嗚呼哀哉，那就變成一場空歡喜了。

可是這時，他急，侏儒不急：「你先承認自己殺了荀十九。」

裘思慶一咬牙：「不錯，是我殺的。」

侏儒長嘆一聲：「你們結義之時，曾罰下重誓，你必然會應誓而亡。」

裘思慶大笑：「不錯，上次在沙漠中，我以為毒誓應驗了，可是我命不該絕。」

侏儒又長嘆：「難說——我見過十九公子的屍體，那一刀的刀痕，薄得幾乎看不見，就知道那是一柄鋒利之極的匕首，直到見了裘大爺你的這柄匕首，才心頭雪亮，再無疑問。」

裴思慶悶哼了一聲，心想你這侏儒，雖然人不像人，可是心思卻恁地靈巧。

他又想起那柄匕首已不再屬自己所有，連問都不能問，不禁大是惱怒：

「還說什麼是我的匕首。」

侏儒道：「這柄匕首，對天國的人來說，重要之極，她們一直在找這柄匕首，世世代代在找，這柄匕首，關係着她們的命運。」

裴思慶聽得十分用心，可是侏儒講的話，不是很有條理，剛才說要教他脱身之法，忽然又說起匕首來，忽然又問：「你覺得她們像不像人？」

裴思慶揮手：「當然是人，女主雖然……但確是女人，你以為她們是什麼？」

侏儒深深吸了一口氣：「何以族中只有女人，沒有男人？何以多年來，族中女人，一直只是六十二名，一名不多，一名不少？何以她們行蹤如此詭秘？何以她們如此心急要得知匕首秘密？」

這些問題，裴思慶自然答不上來。

侏儒喘着氣，自己道出了答案：「她們根本不是人！是一群妖怪，不知從哪裏冒出來的妖怪。正如你所說的：人不人，鬼不鬼。」

裴思慶剛才所說的「人不人，鬼不鬼」的意思是，那些只穿白衣服的女人十分神秘，他並不以為她們會是什麼妖精，所以他對侏儒的話，顯得不耐煩。何況他急於想知道，那些女人組成的「天國」，究竟有什麼秘密，和怎樣才可以離開。

所以，他不客氣地責斥：「廢話少說，我怎樣才能離開這裏？」

裴思慶的責斥，當然極具威脅，可是侏儒卻現出了一個滑稽的神情來，一點也不受影響。他已是一個垂死的，已經不必懼怕任何權威了。對一個垂死的人來說，已沒有什麼欲求，自然也就不必再顧忌什麼。

所以侏儒的語氣是肯定的，甚至比長安大豪更權威，更有可能，他一輩子也沒有用那麼充滿自信的語調來說過話。他道：「聽我說！我愛怎麼說，就怎麼說。」

說了這句話之後，他甚至閉上了眼睛，不再理會裴思慶是憤怒還是無可奈何。

裴思慶自然是無可奈何，他忍住了氣，聲音聽來僵硬：「好，你說，隨便你說。」

侏儒這才又睜開眼來：「那柄匕首，對她們重要之極，原來她們一直都在找尋這柄匕首，找了好多好多年了，找了上百年。」

裴思慶本來又想責斥侏儒，可是「胡說」兩字到了口邊，又生生吞了回去。

侏儒的聲音更神秘：「她們一直在找。這些女妖……她們根本不會老，再過幾百年，她們還是這個樣子。」

裴思慶忍不住悶哼了一聲：「那柄匕首雖然珍罕，可是也不值得那麼重視。」

侏儒的雙眼瞇成了一線：「對她們來說，匕首是真神所賜的，有着不可思議的力量，使得她們每一個人都升天為仙——這是我學會了她們的話之後，一直聽她們在講的，那匕首有巨大的力量。」

裘思慶又悶哼了一聲：「東西在她們手裏，已有兩年了，她們怎麼還沒有升天？」

侏儒立時有了回答：「她們參不透匕首上的秘密，就像波斯王也參不透一樣，她們打聽到了匕首落在匈奴大盜的女人手中，就把她捉了來——」

裘思慶「啊」地一聲低吁：「金月亮。」

侏儒的五官，忽然擠到了一起，現出了害怕的神情來，能令得一個垂死的人有這種神情，那麼，他想到的事，一定可怖之極了。侏儒的聲音也有點發顫：「那女人說匕首她已送了人，卻死也不肯說出送給什麼人來，她們一怒之下——」

說到這裏，侏儒的身子震動了一下，想起了金月亮，裘思慶又不禁長嘆了一聲。

侏儒繼續道：「我親眼看見的，親眼……看見的，她們不知道我在偷看，她們迫那女人……叫金月亮？說那匕首的下落，把她放在玉棺中，用……一種很濃的水去浸她……那種水從一根很長的管子裏流出來，管子……是我從來沒有見過的……」

在說到那些白衣女人如何對付金月亮的經過時，侏儒的話，十分凌亂，裴思慶要十分用心聽，才能聽得明白。

侏儒雖然喘着氣，可是一直沒有停口：「那種水，一流出來，就結成了冰……後來才知道，成了水晶，把她整個人都封在裏面，那美女倒真有種，寧死不屈，白衣女人始終沒問出什麼來。後來，我順着那管子去找，找到了一個大山洞，山洞裏全是奇形怪狀的東西，不知是什麼，那女人死了……」

裴思慶吸了一口氣：「你揀重要的說，好不好？」

侏儒停了片刻：「後來女主在沙漠上救了你，竟然在無意之中，得到了那柄匕首，她們的高興，可想而知，足足幾天幾夜，我聽得到她們每個都不斷在說：『可以升天了！可以升天了。』」

裴思慶實在難以在「升天」和「匕首」之間產生什麼聯繫，他不耐煩地揮着手，又追問了一句：「我有什麼辦法可以離開？」

侏儒長嘆了一聲：「她們既然解不開那柄匕首的奧秘，你可以胡亂編些言語，讓她們信了，要挾令她們送你出去，這是唯一的可行之法。」

裴思慶想不到侏儒也會行這等詭計，這種訛人的把戲，自然難不倒他，他伸手在自己的大腿上，重重拍了一下：「好計。」

侏儒緩緩吁了一口氣，整個人，油盡燈枯，他說了最後的一句話：「但盼你回轉長安之後，好好待柔娘，唉！你一去無影蹤，她不知怎麼傷心欲絕了。」

說完了這句話，他閉上了眼睛，裴思慶伸手探了探，侏儒已經沒有了鼻息。

裴思慶並沒有立即離開，他又逗留了好一會，想了許多事，主要想的是，世事竟然如此之巧，侏儒竟然會是柔娘的哥哥。

他離開石屋時，那兩個帶他來的白衣女子迎了上來，他向她們作了一個手勢，白衣女子全然無動於中，仍然帶着他回到了這些日子來，他一直不見天日的石室之中。

如果不是顧忌自己渡不過千里沙漠，裴思慶早已發難，就算要他把所有白衣女人全部殺了才能離去，他也不會心軟下不了手的。

當晚，裴思慶才見到了女主，他開門見山，冷笑着道：「你們一直參不透匕首上的秘密，怎麼不來問我？」

女主大吃一驚，呆了好久，才道：「你……知道……匕首的秘密？」

裴思慶並不直接回答，只是裝出一副高深莫測的神情來，女主又呆了好一會，才道：「如果你知道，請告訴我，全族都感激大恩。」

裴思慶一看到這種情形，就知道自己佔了上風，他大是好奇：「你們竟這樣急於升天？」

女主皺着眉——她有一張十分平板的臉，和金月亮的妖冶，一天一地。她道：「是的，我們急於升天。」

裴思慶問了一句：「你們不是已把這裏叫天國了嗎？」

女主長嘆：「叫天國，和真的天國不同，我……真是天國的女主，別人也全是真的……天國的子民。」

裴思慶並沒有十分留意女主的話……留意了，他也不會懂是什麼意思，他已經想好了辦法。這時，他提了出來：「我可不想升天——」

他才說了一句，女主大是欣喜：「我正為這事擔心，你只怕不能升天，你不想升天，想怎麼樣？」

裴思慶道：「我只想回長安去，此間距離長安，究竟有多遠？」

女主沉吟了一會：「約莫一個月的行程。」

裴思慶深深吸了一口氣，一個月，並不算太遠，想起自己可以回到長安，他忍不住心跳加劇。

他十分知道利用自己的優勢：「替我準備一切，我認為我可以安全到達長安，在離開的時候，自然會把天神所賜的匕首的秘密告訴你。」

女主立即答應，裴思慶不知道她們是怎麼準備的，第二天一早，裴思慶被帶出了山洞，經過了他來的時候曾走過的那條古怪之極的「道路」，那「道路」的兩邊，沙粒向上噴起如噴泉，形成了一道溝，而沙粒居然又不向下瀉來填滿這道溝。

出了這道溝，是一望無際的大漠，裴思慶看到二十匹高大神駿的駱駝，駝架子上滿是清水肉乾糧食和美酒。

有了這樣的裝備，別說在沙漠中一個月，三五個月都不成問題了。

女主和八個白衣女人送裴思慶出來，裴思慶忽然又節外生枝：「我想把金月亮的屍體帶走。」

女主一口答應，四個白衣女人循着那道溝回去，女主又大聲囑咐了幾句。

等四個白衣女人回來的時候，不但抬來了有金月亮在內的玉棺，而且還帶來了一大綑羊皮。女主指着羊皮：「這些日子來，你在羊皮上寫了不少字，是不是有用？要不要帶回長安去？」

裴思慶一揮手：「不必了，留着你們慢慢看吧！對了，待我把最後發生的事記上。」

這「最後發生的事」，其實也不能算是「最後」，因為後來，究竟發生了什麼事，再沒有記述了。

裴思慶所謂「最後的事」，是他告訴女主，那柄匕首，含有無窮的力量，她們若是想要升天，必須用這柄匕首，刺進心窩，才能羽化登仙——由於這方法實在超乎想像，怎麼歷來沒有人參得透。

女主和那八個白衣女人聽了之後，據裴思慶最後的記述是：「各人竟皆有覺悟之神色，余之信口雌黃，能使彼等均死於山腹之中矣，彼等其愚若豕，亦咎由自取也。」

他不想想若不是女主救了他，他會怎樣，竟然用這樣的方法，使這一族神秘的女子，個個死在這匕首之下，心思可稱歹毒之極了。

以後，那些白衣女子，十分殷切希望升天的白衣女人，是不是中了裴思慶的毒計，不得而知。而裴思慶是不是安然回到長安，也不得而知。

一千多年前的事，就算有信史記載，可供追究的也不多，何況只是這樣的一件事呢？

# 第十一部

## 山窮水盡疑無路，柳暗花明又一村

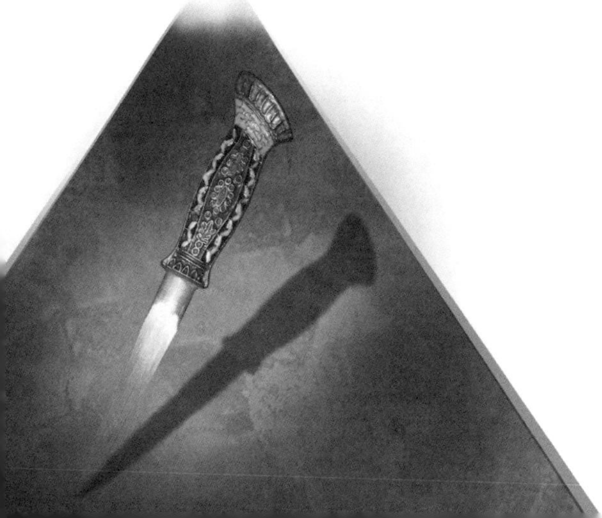

裘思慶的故事整理出來了，溫寶裕又大發議論：「這傢伙，一定渴死在沙漠之中，到不了長安。」

白素皺着眉：「真狠毒……不知道在那柄匕首上，是不是可以化驗出什麼來？」

我苦笑：「有六十多個女人的麼？那些女人如果真的照他的話去做，也未免太笨了，我認為最值得注意的是侏儒臨死時的那番話，他說那些女人都不會老，聚居在一起，神秘之極，她們對付金月亮的方法，似乎也有點……極度不可思議。」

溫寶裕忽然又道：「若是有什麼人，創造了這樣的一個故事，又寫在古舊的羊皮上騙人，那可真將我們這幾個傻瓜騙慘了。」

胡說不怎麼喜歡說話，這時才表示了意見：「能創造出這樣的一個故事來，也不容易。」

溫寶裕揮着手，動作誇張：「不好玩，無趣之極，無頭無尾，而且完全無從作進一步的探索，所有的經過之中，這一樁最不好玩。」

我白了他一眼：「降頭師鬥法的那一次最好玩。」

溫寶裕「嗖」地吸了一口氣，他不是很願意和人討論那次經歷，可是若是有人提起，他就會現出十分甜蜜的笑容，這時也不例外。而且，這小子若是無緣無故地出現，忽然又笑吟吟，多半也是想起了那件事。

白素緩緩道：「小寶，別說無趣，分析一下，深入一些探討，可以發現很多有趣的事。」

溫寶裕睜大了眼睛，望定了白素，白素道：「那一群白衣女人的國度，像是一個女兒國——這就是十分有趣的記載。」

溫寶裕咕噥了一句：「但願她們沒有上當，不然就成了集體自殺。」

胡說笑了一下：「當時沒有上當，現在也完全一樣。」

白素的話說得十分慢，也十分怪：「如果侏儒的觀察正確，她們不會老，那麼，她們可能如今還活在沙漠之中。一群不會老死的白衣女人，她們在地球上不為人所知地生活着，這不是很神秘嗎？」

溫寶裕眨着眼：「到沙漠中找她們？」

我用力一揮手：「不可能，找不到的，絲綢之路沿途，幅員如此之廣，要經過多少沙漠，怎麼找？」

白素側着頭：「我也同意找不到，可是在裴思慶記載之中，有許多是怪異莫名的情形：侏儒所說的她們處理金月亮的經過，還說在一個山洞之中，有許多他看了全然不明白是什麼的東西。」

我推了溫寶裕一下：「小寶，有什麼設想？」

溫寶裕忽然轟笑了起來，一面笑，一面指着我，一隻手又按住了肚子，大叫了出來：「外星人。」

他感到這樣好笑，自然是在笑我遇到了不論什麼怪事，就會聯想到外星人。

這其實沒有什麼好笑的，許多情形之下，確然如此，那一大群白衣女人，自然也可能是外星人——只要我們相信有外星高級生物的存在，那麼，他們就隨時可以出現在任何地方。我瞪着溫寶裕，表示那並不好笑，胡說的話，倒是深得我心，他道：「那些女人……未必是外星人，但我有一種感覺，她們是……是一群被遺棄的人，正竭力想找回她們失落的根。」

我也有這樣的感覺，自然是由於在記述之中，女主曾提及她們本來是屬於天國的，她們要「升天」，自然是回到天國去。而能使她們回到天國的，是一柄賜自天神的匕首，只可惜匕首到了她們手中，她們參不透匕首的秘奧，不知怎樣運用。

匕首，自然就是那一柄匕首。

一千五百年之前發生的事，又自然都化為塵土，不再存在了，可是匕首，那細羊皮，都留了下來，故事也留了下來。這種情形，很使人感嘆，溫寶裕和胡說年紀輕，自然不會有什麼傷感，他們還是十分有興趣追根問柢，溫寶裕道：「你的意思是，那些女人是被天神遺棄了的？」

胡說搖頭：「我只是有這個感覺。」

溫寶裕的詞鋒愈來愈厲害：「不通，如果她們是被遺棄的一群，那麼她們原來是什麼？是外星人，還是地球人？她們總有來歷的，據我看，只不過是沙漠中的一個小部落，男丁稀少，自然也歸於絕滅，可能有古老的傳說，使她們以為自己可以升天，於是，在絕望之中，這種希望就更加強烈了。」

我鼓了幾下掌：「分析得有理，這件事，無法再作進一步的探索，可以歸入檔案了。」

溫寶裕卻道：「不，我們只不過讀通了羊皮上的漢字草書，還有大量的古怪文字，如果可以認出來，一定可以知道更多。」他的思想天馬行空，倏東忽西，突然之間又嘆了一聲：「荀十九，多漂亮的名字，那侏儒一定很有點學問，不然不會替他的妹妹取名字叫柔娘，多好聽。」

我道：「好，你可以去進行，相信裘思慶的故事，可以在那古怪的文字中，透露更多。」

溫寶裕真的去進行，通過各種方法，把羊皮的照片，寫到世界各地的文字研究叫去，也請教了不少人，胡說幫着也進行。胡說的叔叔是著名的考古學家胡明，認識各地的學者都多。

可是兩個月下來，完全沒有人知道那是什麼文字，至多只是說，那是中亞一帶文字的範疇，可是經過了相當程度的變異，全然無法解得出了。

溫寶裕也曾努力，把這種文字的形狀，輸入大型電腦去分析組合，希望找出一個規律來，可是也一點結果都沒有，鬧得他灰頭灰臉。

那天晚上，他和胡說又來到我的書房，長嘆一聲：「無法繼續了。」

我向他攤了攤手，表示這種結果，早在我的意料之中。

溫寶裕的神情不免懊喪，白素笑道：「小寶，你想像力那麼豐富，可以把這個故事續下去。」

溫寶裕一聽，一副悠然神往的樣子：「我想過了，自然是到沙漠去，找到天國的古址，最好是那些白衣女人還在，我再去把匕首送回給她們——」

我嘆了一聲：「小寶，那些女人還在，匕首就不會落在探險隊的手中。」

溫寶裕不服：「或許探險隊用的手段十分卑鄙，把匕首騙到手中。」

我不和他爭辯下去，只是提議：「可以在波斯的歷史或傳說之中去搜尋一下，看看是不是有這柄天神所賜的匕首的資料，不失是一種旁敲側擊的方法。」

胡說和溫寶裕連連點頭，看來他們對這件事的興趣極濃，我提出了這一點，問他們為什麼。兩人的原因都是一樣的：匕首在，一大綑羊皮也在，實實在在記載着一件事，可是結果卻不知道，再沒有比這個更難過的了。

我佩服他們尋根究柢的精神，再問：「你們究竟期待着什麼樣的結局？」

兩人的意見也一致：裴思慶這個人，行為卑鄙之極，他在和荀十九結義之際，罰了這樣的毒誓，後來居然殺了荀十九，而且毫無悔意，這樣的人，就應該應了毒誓，死在沙漠中。

我攤了攤手：「一千五百多年的事，沒有可能知道結果如何了，算了吧。」

溫寶裕想說話，可是他一開口，我的一具號碼鮮有人知的電話，響了起來——一般來說，打這個電話給我的，一定是熟人。而這時在書房中的，也全是熟人，所以我按下了一個通話鈕，使所有人都可以聽到電話是什麼人打來的，我先「喂」了一聲，然後自已報了姓名。

立即聽到了十分熟悉的聲音：「你好，我是胡明，埃及的長途電話。」

胡說大是高興，叫了一聲：「胡明叔叔。」

溫寶裕豈甘後人，連忙自我介紹，胡明笑：「還有什麼人？」

白素應了一聲，胡明吸了一口氣：「兩位，有一個不情之請。」

我忙道：「先說了是什麼事，我不能不知道是什麼事之前，作任何承諾。」

胡明嘆了一聲：「衛斯理，你愈來愈世故了。」

我沒有什麼表示，胡明說出了是什麼事：「有一個人，想見你，有一些事和你商量。」我悶哼一聲：「什麼人，什麼事。」

胡明道：「我的一個同行，考古學家，專攻中亞史，研究回教文化的權威，精通古亞述帝國楔形文字的專家，曾經發現過沙爾貢二世巨大陵墓的——」

我聽到這裏，已經接上了口：「漢烈米博士。」

胡明道：「對，就是他。」

這位漢烈米博士，是了不起的考古學家。這時，胡說插了一句口：「我們也曾去向他請教過，可是他也不認識那種文字。」

我還是追問了一句：「什麼事？」

胡說嘆了一聲：「問題就在這裏，他不肯對我說，只肯當面對你說。」

我最不喜歡這種行為，所以立刻道：「那就算了吧，我沒有空。」

胡明悶哼了一聲：「他有解釋，說是事情十分神秘，而且關連重大，他說，你一定會拒絕，但是他可以告訴你一件事。」

我冷笑了兩聲，表示沒有興趣，同時道：「這位博士，前兩年曾和原振俠醫生，在中亞細亞有極驚人的發現，發掘了一空規模宏大的陵墓，他為什麼不找原醫生，要來找我？」

胡明苦笑：「若是找得到原醫生，早就找了，就是找不到，這才——」

他說到這裏，覺得有點不對，立時住了口，我已經冷冷地道：「原來我是後備。」

胡明嘆了一聲，卻自顧自道：「漢烈米博士要我轉告你，他最近代表了一個阿拉伯酋長，買進了一整批玉器和金器，那……天文數字的價錢，還說什麼包括了一柄匕首和一個故事在內……」

胡明的話還沒有說完，溫寶裕已直跳了起來：「快講！快講。」

我瞪了溫寶裕一眼，低斥：「你亂什麼。」

我也深深吸了一口氣，胡明停了半晌，才問：「衛斯理，怎麼樣？」

我說的也是溫寶裕剛才說的：「他在哪裏，快講！」

胡明像是大大鬆了一口氣：「他就在我的身邊，你想和他講話？」

我忙道：「當然，請，漢烈米教授？」

電話中傳來一個相當低沉的聲音，這種聲音很惹人好感：「是，衛斯理先生，很對不起，因為我和原醫生比較熟，所以一有了困難，首先想到了他。」

我倒覺得十分不好意思：「別再提了，和原醫生都是好朋友，在他那裏，知道你發現了古代的大皇陵，後來又把它炸毀的行動，你的行為，很令人敬佩。」

漢烈米的聲音，聽來十分激動：「謝謝你，在那件事之後，我一直在考慮，自己是不是應該那樣做，現在總算有了肯定。」

（漢烈米教授和原振俠醫生和那個巨大的古皇陵，是另一個故事，原振俠傳奇故事之了。）

我們寒暄完畢，我看到溫寶裕已急得在一旁，不住地擠眉弄眼，所以我道：「你什麼時候可以來到？」

漢烈米道：「盡快。」

溫寶裕在一旁嚷叫：「教授，請你先透露一些，究竟是為了什麼事？」

漢烈米發出了幾下乾笑聲，他的乾笑聲，聽來無可奈何之極，他問：「閣下是——」

溫寶裕報了名字，再補充：「衛斯理的朋友。」

漢烈米又嘆了一聲：「我快點來，不是比在電話中浪費時間更好嗎？」

即使是這樣，溫寶裕還是叫了一句：「在那個羊皮上，我們已經整理出了一個十分古怪的故事。」

這一點，可能很出於漢烈米的意料之外，所以，他停了片刻，才道：「是嗎？我倒沒有想到，那羊皮上，像是有兩種文字，都不可辨認——」

溫寶裕哈哈大笑：「一種不可辨認，另一種是中國漢字的草書，如果你早和胡明博士接頭，他就可以認得出那些文字來。」

溫寶裕在得意洋洋這樣說的時候，忘記了他自己在辨認那些龍飛鳳舞的草書時，曾說了好幾千次「這算是什麼文字」，「我寧願去看火星人的文字」之類的話了。

電話那邊，傳來了胡明的一下悶哼聲：「別把我看得太高，我也不是很認得出漢字的草書。」

溫寶裕還想說什麼，可是我已經一揚手，阻止他說下去，同時對電話道：「那請你快來。」

漢烈米答應了，又再三道謝。我放下了電話，白素也十分高興：「真是山窮水盡疑無路，柳暗花明又一村。」

溫寶裕十分之滿足：「可恨他竟然什麼也不肯說。」

胡說皺着眉：「那一大批寶物，果然落入了阿拉伯酋長手中——除了他們，只怕也沒有什麼人，能付得起那麼大筆的錢了。」

溫寶裕又表示他的意見：「很怪，一般來說，阿拉伯酋長雖然有用不完的錢，可是很少在文化事業上投資！他們寧願把座駕車鑲滿了鑽石。」

我拍了一下手掌，大聲宣布：「散會，等漢烈米教授到了再說。」

因為我知道，有溫寶裕在場，一個假設接一個，他可以連續不斷提上一天一夜，而漢烈米一到，就可以知道問題的答案，何必多浪費時間？

溫寶裕翻了翻眼，想提抗議，可是看到我沉下了臉，他也十分知趣，只是聳了聳肩：「教授一到，就通知我，不，我會每隔十分鐘，就來探聽消息。」

我嘆了一聲，和他商量：「每隔一小時如何？」

溫寶裕拍着手，呵呵笑：「這就叫漫天開價，落地還錢，我若說一小時打探一次，你必然叫我改成五小時。」

胡說和溫寶裕離去，白素伸了伸懶腰，忽然問了我一句：「原醫生怎麼了？好像全世界的人都在找他，可是又找不到。」

我攤了攤手：「不甚了了，好像是感情上的糾纏。」

白素感嘆：「這個古怪的醫生。」

原醫生的故事屬於原醫生，和我無關，在接下來的一天之中，我又把裘思慶的故事，整理了一下，覺得疑點極多——我對裘思慶在長安的生活，不感興趣，有興趣的是他在沙漠獲救之後，在不見天日的「天國」之中生活的那一段遭遇。

自然，最重要的一點是：那群白衣女人，究竟是什麼路數呢？

白衣女人有很多秘密，連長期和他們一起生活的侏儒，也不得而知——在紀錄中可知的是，侏儒到過一個山洞，山洞之中，有許多他不知是什麼的東西。

侏儒對那些白衣女人的身分，十分懷疑，甚至在言語之間，稱之為「女妖」，可是裴思慶反倒不如侏儒，那自然是由於他聽不懂白衣女人語言的緣故。

根據記述，一再整理的結果，也不過如此，沒有進一步的發展。

漢烈米教授來得真快，自通電話算起，二十七小時，他就出現在我的客廳中，胡說和溫寶裕，在他到達之前的半小時趕到。在那半小時之中，溫寶裕自然又大放厥詞，不在話下。

漢烈米教授個子不高，皮膚黝黑，十分精悍、紮實，握手強而有力，習慣一口喝乾杯中的酒，並且說：「中國人的『乾杯』，真有意思，中亞一帶，有不少民族，用羊角或牛角來做酒杯，根本不能放下來，非一口把杯中的酒喝個乾淨不可。」

寒暄已畢，大家都在等漢烈米說話，不知他有什麼難題，要向我求助。

他也果然開了口，可是出乎我們的意料之外，他竟從阿拉伯半島的地形說起。

他不但向我們解釋阿拉伯半島的地形，而且，還取出了一本袖珍地圖來，指着地圖來解說。

第十二部

# 考古教授的難題

漢烈米教授的行為，很令我們驚訝，他是這樣開始的，在喝了酒，略抹了抹口角之後，他道：「各位對阿拉伯半島上的情形，自然是相當了解的！那裏盛產石油，許多阿拉伯部落的酋長，都因為屬地上盛產石油，而成為難以想像的巨富。」

他這樣的開場白，已令得我們十分愕然。等他取出了袖珍地圖來的時候，我們簡直面面相覷，不知說什麼才好。

而漢烈米卻一本正經，攤開了地圖，指着阿拉伯半島近海的部分：「在這一帶，一共有七個部落，人口最多，佔地最廣，出產石油最多的那一族，酋長的名字是——」

他說了一個相當長的阿拉伯名字。

我們都沒有什麼特別的反應，只知道那是一個阿拉伯酋長。

我們和他，畢竟不是很熟，所以雖然感到他的開場白十分突兀，但是也不好意思打斷他。

漢烈米也覺察到了這一點，他自嘲似地笑了一下：「我還是快點說入正題的好，不過大家必須明白的一點是，這個酋長，不但掌握着大數量的石油生產，而且他的土地在海邊，控制着海路交通，也有着十分重大的軍事價值——」

他說到這裏，溫寶裕發出了一下嘆息聲，我也忍不住了：「教授，你究竟想說明什麼？」

漢烈米略停了一停：「我想說明的是，這個酋長的行為如果反常，那麼，中東局勢、世界經濟，都可能出現波動和不安，他是一個舉足輕重的人物，雖然他只是一個……一個……」

漢烈米說到這裏，漲紅了臉，看來他要竭力忍着，才沒有把下面的話說出來——他沒有說出來的話，自然不會是什麼好的恭維話。

我對他有這種反應，感到十分奇特：「如果我沒有猜錯，正是他委託你買下了那個拍賣會的全部物品的？」

漢烈米又喘了幾口氣，情緒才平復下來，他點着頭：「是的，他託人來找我，一見我，就把一本目錄放在我的面前，指着目錄說：「我全部都要，一件也不能少，你代表我去參加拍賣！」

當時，漢烈米有點惱怒，他望着體重至少一百五十公斤的酋長，傲然道：「為什麼是我？」

酋長的回答倒令得漢烈米十分高興：「聽說你是最好的考古學家！」

漢烈米翻着目錄，一看就着迷，也認為那一大批精美之極的寶物，不應該分散，所以他就答應了。

自然，他也問了一句：「酋長，你怎會對古物有那麼大的興趣？」

酋長的反應，奇特之至，只見他不斷用手摸着自己的虬髯，雙眼十分失神，發着獃，過了好一會，才道：「等東西到了手，我再告訴你！」

酋長的神情，看來像是他的內心，有什麼重大的隱秘，由於和漢烈米不是很熟，所以不肯一下子就把這隱秘說出來一樣。

漢烈米道：「結果，我不負所託，把全部物品，都買了回來。」

溫寶裕道：「酋長一定是看中了那柄匕首，據說那是天神所賜，有不可思議的巨大力量。」

我也以為一定是如此，可是漢烈米卻呆了一呆：「有這樣的說法？那柄匕首確然非同凡響，可是酋長顯然不是很注意。」

我和溫寶裕、胡說，都大感訝異，白素微笑道：「教授沒有聽過羊皮上記述的故事，自然不知道有關匕首的事。」

漢烈米揚眉：「那綑羊皮上記述的是什麼故事？」

我忙道：「太長了，慢慢說！你剛才提及酋長如果行為失常，會天下大亂，酋長好好地，為什麼會失常？」

漢烈米神情苦澀，長嘆了一聲：「請聽我慢慢說，才會明白。」

溫寶裕道：「不好，我性子急。」

漢烈米有些惱怒：「好，那我就說，酋長愛上了一個女人，夠簡單了。」

溫寶裕道：「那算什麼，太簡單了。」

漢烈米悠然道：「那就讓我慢慢說。」

溫寶裕還想說什麼，我已向他大喝一聲：「住口。」

溫寶裕這才不再出聲，漢烈米才得以實現他的「慢慢講」——接下來的敘述，可能有點混亂。一來，溫寶裕比我還喜歡插口（我已經夠喜歡插口的了），不時忽然發表他的意見，或嘀咕，或怪叫。

二來，漢烈米在敘述，我在作複述時，由於行文方便，或求場面生動，所以有時又把酋長和漢烈米打交道的情形，正面寫出。

有了幾方面不同的表達形式，自然不免亂一些。但是事實上，當漢烈米的敘述，進行到了一半的時候，由於他敘述的內容，確然曾亂了好一陣子，所以我的這種記述法，和實際的情形，十分相符。

閒話少說，漢烈米當下的話是：「酋長知道我買了所有的物品，他已不在乎價錢，只是吩咐我盡快地把物品妥善包裝好，盡快運去。」

溫寶裕道：「你那時在本城？」

漢烈米點頭：「是，我們雙方都沒有聯絡……我好像沒見過你！當然，大家都要化裝。」

溫寶裕笑——那時，他化裝成一個老婦人，漢烈米自然認他不出。

想到這裏，我不禁向白素望了一眼。為了那個拍賣會，我曾和白素打了一個賭，看兩人在經過化裝之後，誰能先把誰認出來。

結果，我精心化裝，白素卻根本沒有去，沒有在拍賣會上出現！她只是留了一張字條，說是有要事外出。她一直到第三天才出現，也沒有向我解釋說到哪裏去，去做什麼事。我等她自己開口，她不說，我也賭氣不去問她。一直到現在，她還是不說，而且一點也沒有打算說的意思。

白素近來，這一種行為很多，她和木蘭花會面，一定有一些事在進行，可是她也從來沒有向我說過。

當然，我相信白素這樣做，一定有原因，可是這時，一想起來，仍不免瞪了她一眼，她卻若無其事，只是向我呶了呶嘴，示意我小心聽漢烈米的話。

漢烈米又道：「酋長特別注意玉器和金器，那柄匕首，他好像並不在意——那匕首中有一個故事？」

漢烈米用疑惑的目光望向我，我向他保證：「很長的故事，一定會十分詳細告訴你。」

漢烈米是出色的考古學家，對於古代寶物的包裝和運輸，十分在行，他包了一架飛機，把十二大箱玉器和金器，用最快的時間，運到了酋長的面前。

酋長在沙漠之中，半空造起了一座規模相當宏偉的宮殿，當直升機載運物品到達時，酋長親自出來迎接，握住了漢烈米的手，急切地問：「照你看來，那些物品，屬於什麼年代，什麼民族？」

這個問題，已經是屬於考古學家範圍，相當專門的問題了，漢烈米要顧及自己在學術界的威信，所以他回答得十分小心：「根據拍賣資料，是中亞沙漠中一個古城中的物品，中亞有許多遊牧部落，那可能是其中之一。」

酋長對於這樣的回答，顯然不是十分滿意，又追問：「不能考查出更詳細的資料來？」

漢烈米道：「有一大批文字記載，如果進行研究，可能會有進一步的發現。」

酋長聽了之後，兩道濃眉聚在一起，像是有滿腹的心事一樣。漢烈米忍不住問：「酋長，你花了那麼高的代價，購進了這批寶物，目的是什麼？」

酋長很久不回答，才長嘆一聲：「你先吩咐工人搬一些玉器和金器下來。」

漢烈米道：「那柄匕首——」

酋長卻不耐煩地揮着手：「什麼匕首？哦，那柄，先放一放再說。」

（溫寶裕嚷叫了起來：「酋長不識貨，所有的寶物之中，最好的是那柄匕首。」）

（漢烈米道：「當時我也這樣想，後來——立即我就知道酋長的心意。」）

（溫寶裕心癢難熬：「快說！快說！」）

漢烈米照酋長的吩咐做了，搬了一箱玉器、一箱金器到了一個廳堂，拆箱，取出包裹得十分好的金器和玉器來，排列在地上。

酋長用心看着，自己順手取了兩件金器，着漢烈米取了兩件玉器，才道：「跟我來。」

漢烈米不知道酋長的葫蘆裏賣的是什麼藥，跟着他走。酋長的隨從極多，可是愈向宮內走，侍從就一路在減少，顯然宮中有嚴格的規定：哪一種人可以進入宮的什麼地方。到最後，跟在酋長身後的，只有一個身高超過兩公尺的巨人了。

那巨人，簡直就像是天方夜譚中的妖魔一樣，是酋長的貼身保鏢。

可是，到了一扇門前，酋長側了側頭，示意那巨人，也站過一邊，然後，示意漢烈米去推門。

漢烈米這時，很有點受寵若驚，他在門口，先放下了手中的玉器，握住了門柄，輕輕一推，就把門推了開來。

門推開之後，漢烈米就呆了一呆。

門內是一間極大的寢室。首先映入眼簾的是一個相當大的六角形的浴池，全用大理石砌成。

（溫寶裕嘰咕了一句：「大理石？要全用上佳的白玉，才夠氣派！」）

整個寢宮的佈置，全以大理石為主，在應該是牀的地方，看不到牀，因為有繡金的帳幔圍着，飄散着一種十分好聞的香味。

阿拉伯酋長的奢侈是著名的，漢烈米不會感到驚訝，令得漢烈米驚訝的是，他立即看到了寢室中的一些陳設。一隻玉瓶，幾件金器，看來，和拍賣台上所買得的，十分相似。

而等到漢烈米把自己手中的玉器，酋長手上的金器，放到了陳列在寢室中的那幾件器物的旁邊之後，更絕對可以從它們的形製上，肯定那是源出同流的器物。

漢烈米教授不禁大惑不解：他可算是中亞細亞文物的專家，拍賣會拍賣的物品，他也是第一次見到，他絕想不到酋長的寢室之中，早就有了。

那麼精美的玉器和金器，必然有着極深的文化背景，極具學術研究價值，一出現就必然轟動，何以從來也沒有人知道酋長有這樣的寶物？

漢烈米雖然疑惑，可是他也知道，酋長之所以不惜一切代價，要得到這批器物，是他早知道，拍賣的一大批，和他收藏的幾件是同一類，同一來源的。

當漢烈米在觀察那些金器和玉器時，酋長連連問：「是不是一樣的？」

漢烈米肯定地道：「一樣，可以肯定來源一樣。」

酋長一字一頓：「同在那個古城中來的？」

漢烈米點頭：「應該是。」

酋長突然現出十分急切的神情，他的大肚子，甚至在微微發顫，他急速地問：「有辦法……可以找到那個……古城嗎？」

漢烈米心中訝異，但是他的反應，卻十分理智，立即道：「不能，當年的探險隊，並沒有資料留下來，沙漠的範圍那麼大，又如此變化不定，所謂古城，可能早已淹沒在十公尺深的沙層之下，無法找得到！」

酋長深深吸了一口氣：「如果由我在經濟上作無限制的支持，而由你率領一個考古隊去進行？」

漢烈米聽得有點心動，可是他仍然搖了搖頭。

酋長又道：「當年那個探險隊能夠發現，為什麼我們不能發現？」

漢烈米嘆了一聲：「那個探險隊在中亞的沙漠上活動了五十年。」

酋長雙手緊握着拳：「就五十年。」

漢烈米這時，心頭的疑惑，無以復加，問：「你那麼熱切想找這座古城，目的是什麼？」

酋長在一張鋪着厚厚羊毛的椅子上坐了下來，長嘆了一聲，雙手捧住了頭，目光射向繡金的帳幔，過了好一會，他才又長嘆了一聲，還是不說什麼。

漢烈米只好轉換話題：「這裏原有的玉器和金器，是哪裏弄來的？」

酋長伸出大手，在他的臉上抹了抹，神態十分疲倦：「當年，有人帶了一個女人來給我，那些器物，是和那女人一起來的。」

漢烈米想不到會有這樣的答案，一時之間，不知如何回答才好。

酋長又道：「我一直想弄清楚這個女人的來歷，所以把這些金器和玉器，給過很多專家看，可是沒有人説得出它們的來歷來。」

漢烈米道：「那難怪，你拿來給我看，我也説不出它們是什麼來歷。」

酋長用力揮了一下手：「直到我知道有一大批相同的物品要出賣，我才知道有一座古城，我想弄清楚，那女人是不是就是從那座古城來的。」

事情敘述到這裏時，溫寶裕已經大叫了起來：「不通之至，酋長怎麼不去問那女人，她是從哪裏來的？」

胡説也道：「或者，去問帶女人給酋長的那個人。」

我也有同感，所以望定了漢烈米，漢烈米暫不出聲。白素微笑道：「你們太心急了，酋長這樣做，一定有道理的，是不是，教授？」

漢烈米大表嘆服，連聲説是，恭維得有點肉麻。

漢烈米道：「當時，我也用同樣的問題問酋長，酋長的神情很怪，接下來發生的事，我怎麼也料不到。」

酋長的神情很怪，望着漢烈米，反問道：「問她？」

漢烈米笑：「是啊，對自己的來歷，她一定肯說的。」

酋長嘆得很傷心：「你能代我問她？」

漢烈米一聽，不禁有點躊躇，他知道阿拉伯人對婦女的限制，十分之嚴。從酋長的話聽來，他對那個女人，像是十分着迷。阿拉伯男人對自己心愛的女人，限制更多，外出都要蒙面，單是陌生男人和女人目光相接觸，就很容易出血案。

所以，漢烈米遲疑了一下，用十分疑惑的神情，望着酋長。酋長又嘆了一聲——阿拉伯人大都性格堅強，很有男子氣概，很少唉聲嘆氣的，可是酋長卻一直在嘆氣，和他魁偉的身形，十分不調和。

酋長甚至把他蒲扇也似的大手，放在漢烈米的手臂之上，這表示他心中極度徬徨，需要幫助。

酋長的聲音很低沉：「我一見這個女人，就……愛上了她，無可遏制。」

要從一個阿拉伯男人，尤其是一個阿拉伯酋長的口中，說出他「愛上了一個女人」這樣的話來，確然是十分稀罕的事。漢烈米教授畢生研究中亞人的歷史，對這一點自然了解，所以訝異之極，更不敢接口。

溫寶裕悶哼一聲：「那有什麼問題，只要酋長一開口，那女人必然答應做酋長的妻子，對了，酋長的妻子叫什麼？叫妃子，還是叫皇后？有沒有專門名稱？」

胡說冷冷地道：「也不是全世界的女人都貪慕做酋長的妻子的。」

溫寶裕立時反駁：「你沒聽到，是有人把那女人帶來給酋長的嗎？可知那女人本來就不是什麼正經女人，掘金娘子遇上了阿拉伯酋長，還有什麼更好的？」

漢烈米向溫寶裕一指：「你這話，如果在酋長的面前說，就會被綁在木樁上，至少在烈日之下，曬上六小時。」

溫寶裕撇了撇嘴：「真落後。」

漢烈米停了片刻，繼續說他和酋長談話的經過。

酋長的聲音有着十分誠懇的懇求：「你是一個出色的考古學家，是不是看到一些東西，就可以認出……她的來龍去脈來？」

漢烈米沉吟了一下：「很難說，一定要看到了再說——為什麼不問她本人？她……她不會說話？」

酋長沒有說什麼，只是雙手抱住了頭，好一會，他才站了起來，向漢烈米作了一個手勢，示意漢烈米走過去，他們一起到了圍着的帳幔之前，酋長把帳幔拉開了一些，那股香味更濃，酋長又作了一個手勢，示意漢烈米走進去。漢烈米十分躊躇：「根據阿拉伯的習慣，好像……不是很方便？」

酋長悶哼一聲：「我叫你進去，就沒有問題。」

既然是酋長堅持，漢烈米自然不便拒絕，他一側身，就進了帳幔。當時的情形是，他一進了帳幔，就發出了一下驚怖絕倫的呼叫聲，踉蹌跌了出來，面色慘白，剎那之間，他覺得自己跌進了一個陷阱之中，一個經過精心佈置的陷阱。

漢烈米在講到這裏的時候，仍然不免臉色變白，身子發抖，可見他當時的震驚，是何等之甚。

溫寶裕急得直捏手，催道：「你看到了什麼？總不成是一個不穿衣服的女人？」

他自己在初見苗女南施的時候，也曾驚叫一聲，狼狽而逃，多半因為他有這樣的經歷，所以才有這樣的說法——根據阿拉伯的習俗，絕無看到一個裸體女人之理。

我更想斥溫寶裕，叫他不要胡說，可是漢烈米教授卻睜大了眼，大是訝異：「你怎麼料得到的？」

他這句話一出口，白素也不禁「啊」地一聲，溫寶裕更是直跳了起來，指着漢烈米：「真的？真的……是一個不穿衣服的女人？」

漢烈米吸了一口氣，點了點頭。

怎麼會發生這種情形？難怪漢烈米會在一剎那間，認為那是一個陷阱了——很有點像林沖誤入白虎堂的味道。酋長只要一翻臉，是可以處死漢烈米的。

可是當時，酋長卻向漢烈米作了一個手勢：「你看看清楚，不要害怕，看看清楚。」

漢烈米驚魂甫定，也想到酋長沒有陷害他的道理，所以遲疑着，又進了帳幔。這一次，他看清楚了，可是訝異更甚，幾乎不相信自己的眼睛。

在他「看看清楚」的過程之中，首先，他看到的是一個極美麗的女人，全身赤裸，仰躺着。那是一個罕見的美女，膚色如蜜，豐乳圓臀，雙腿修長，雖然閉着眼，可是五官精緻俏麗之極，她神態十分安詳，雙手放在身邊。

他已知道酋長為這女人着迷，一看之下，他感到酋長的着迷，確然有原因，就算是阿拉伯酋長，也不是很容易遇上那樣的美女的。

看到了這樣的一個美女，已足以令得漢烈米驚訝莫名的了，而當他看清楚，那美女不是躺在牀上，而是躺在一具白玉的——棺材中的時候，他更是驚訝莫名。

當他說到「棺材」的時候，遲疑了一下，像是不知道是不是可以用這個名詞。

而我們——聽他敘述的所有人，在這時，都不由自主，發出了「啊」地一下驚呼聲。

漢烈米不知道我們為什麼要驚呼——各位讀者一定已經明白了。

漢烈米看出，那白玉棺材，竟是一整塊大白玉鑿成的。而令得他更驚訝的事，還在後面——他看到玉棺，用一塊大玻璃蓋着，也就是說，那美女不是在沉睡，而是早已沒有了生命。令酋長着迷的，是一個已經死了的女人。

首先叫出來的，自然是溫寶裕，他叫的是：「金月亮！金月亮！」

接着，連白素在內（她的聲音比較低），都叫：「金月亮。」

漢烈米全然不知道「金月亮」是什麼意思，而我們由於實在太意外，而且極其駭然，所以一時之間，也無法向他解釋。我們絕想不到，一千多年之前，曾在裴思慶的記述之中出現過的美女金月亮，竟然又會出現。

根據漢烈米的敘述，那在玉棺材中的美女，毫無疑問，就是金月亮。

溫寶裕想說什麼，可是他只是張大了口，揮着手，一句話也說不出來。

保持着最鎮定的是白素，她道：「教授，那不是一塊大玻璃——或者說，不是一塊單面的玻璃，而是立體的，那美女，整個人都嵌在玻璃之中。」

這一次，輪到漢烈米的行動和溫寶裕一樣了，他揮了好一會手，才道：「你們怎麼知道的？你們全知道？怎麼可能？怎麼可能？」

我在這時，也緩過了氣來，我道：「是一個很長的故事，一定會告訴你，請你先說下去，那女人……是怎麼到酋長那裏的？」

漢烈米繼續說下去。

等到他看清楚，那美女竟然是被嵌在一大塊玻璃中的時候，他的驚訝，更到了頂點，他睜大眼睛，怕至少有三分鐘，未曾眨眼。

這時，酋長也進了帳幔，站在他的身邊，漢烈米有點神不守舍地問：「怎麼回事？」

酋長看着那美女的目光，充滿了深情，他的回答是：「有人在沙漠的一場狂風過後，發現了她，可想而知，發現她的人，是何等震驚，所以就把她送到我這裏來了，同時發現的，還有一些精緻的金器和玉器，她本來是被一個沙丘淹沒的，暴風移動了沙丘，她才得以重見天日。」

我和白素互望了一眼。

事情很容易明白——金月亮是被裴思慶帶走的，結果，她在沙漠中被發現，這就證明裴思慶未能回到長安，他應了毒誓，死在沙漠之中了，這一次，沒有人救他了，他經歷了兩次死亡的痛苦，誓言加倍，那是他應得的結果。

裴思慶的屍體，自然成了沙漠中的白骨，而被密封在一塊「大玻璃」中的金月亮，則經過了一千多年，仍然栩栩如生。

那些同時被發現的金器和玉器，自然是「天國」的女主給裴思慶準備在路途上使用的。

漢烈米當時，對酋長的說法，並不懷疑，可是他忍不住問：「酋長，你見到她的時候，她已經是這樣子了，你還……愛上了她。」

漢烈米的話，說得十分委婉，因為他看出，酋長的精神狀態，不是很正常。愛上了一個已死的人，是十分嚴重可怕的精神疾病，稱為「戀屍狂」，有這種狂症的人，什麼樣乖悖的行為都做得出。

難怪漢烈米一開始就向我們解釋中東地形和世界局勢了；如果那個酋長發狂起來，事情確然可大可小，和全世界都有關係。

酋長的神情十分痛苦：「我無法控制，我明知十分荒謬，可是無法控制。而且你看，保持她身體的方法，多麼特別？我相信她只是暫時休息，你明白我的意思嗎？她會活回來！」

漢烈米叫了起來：「她不會，她和那些器具在一起，她可能死了上千年了。」

漢烈米的話很理智，可是酋長的話，卻又使他無法反駁，酋長道：「上千年？一千年之前的人，懂得做出那樣的玻璃來，並且把人嵌進去？教授，告訴你，這女人是真神賜給我的。」

漢烈米忍無可忍，可是那句話，他還是在喉中打了一個轉，未敢說出來。那句話是：「那麼你就請真神令她復活吧。」

酋長繼續道：「我要令她活回來，教授，你負責查出她的來歷和身分，她必然有族人，也要查出是誰這樣處理她的身體的，要查出那個又發現了同樣的器具的古城在什麼地方，要用盡一切方法使她活過來，成為我的妻子。」

漢烈米全然啼笑皆非，酋長的情緒，進入了狂熱狀態：「我會盡我一切力量來達到目的。哪怕是天下大亂，我也要達到目的！」

為了表示他的決心，酋長的臉上，肌肉扭曲着，抽搐着，看來十分可怕。

漢烈米就在這時候，想到了以酋長這樣地位的人，如果忽然之間失心瘋起來，那會給世界帶來巨大的災難，所以他忙安慰酋長：「別……那樣，總有辦法的，我認識幾個很出色的朋友，對他們來說，似乎沒有什麼困難的事！」

漢烈米說：「我那時，首先想到的，自然是曾和我共過事的原振俠醫生。」

溫寶裕以手加額，叫了起來：「天，你把原振俠的祖宗十八代全叫來，也無法令一個死在唐朝的女人復活的。」

漢烈米又呆了一呆：「唐朝？中國的唐朝？你說這個女人是中國唐朝的人？」

由於他不明白金月亮的故事，所以他這時的訝異，可想而知。我吸了一口氣，把得自那綑羊皮上的故事，用最簡單的方式，向他說了一遍，而且集中在有關金月亮這個女人的身上。

雖然用的是最簡單的方式，但也由於經過實在太複雜了，也花了將近兩個小時，聽得漢烈米如癡如醉，他以考古學家的觀點，發表了意見：「拍賣會的資料，不盡不實，根本沒有什麼古城——或許是當年探險隊就故弄玄虛，有的只是天國，而天國的整個活動範圍，是在一個山洞，和一個山谷之中。」

我同意他的看法：「你無法實現酋長的委託，金月亮無法復活。」

漢烈米做夢也想不到忽然會聽到了一個那麼怪誕的故事，他的情緒顯然陷入了一種狂熱的狀態之中，雙頰泛着紅暈，氣息急促：「那侏儒說，白衣女人用一種液體注入玉棺中，就凝成了水晶？」

他又問：「照你們看，這是一種什麼樣的情形？」

胡說回答了這個問題：「像是人工合成樹脂，把一個標本凝結在內。」

漢烈米又神經質地叫了起來：「天！別告訴我那時，這個美女……是活着的。」

我也不禁打了一個寒噤，因為照侏儒所說，金月亮正在被逼供，問她那柄匕首的所在，可知她是被凝到了「水晶」之後才死的。

漢烈米的思緒忽然十分亂：「難道真的沒有法子使她活過來？」

我用力揮了一下手，根本對這個問題，懶得回答，因為那是可以肯定的事。誰能令一個死去了一千五百年的人復活過來。

漢烈米感嘆：「她的身體保存得那麼好！這種保存的方法真了不起，比較起來，埃及人的木乃伊，亂七八糟，根本不知算是什麼。」

在這時候，我看到白素的兩道秀眉，向上揚了一下——這是她對一件毫無頭緒的事，忽然胸有成竹的一種表示，我立時揚起手來，示意大家靜一靜，好聽她發表意見。

白素又想了一會，才緩緩地道：「我想，有一絲希望，可以試一試。」

我陡然叫了起來，雖然平時對白素的意見，總是十分尊重的，我只是叫了一下，沒有說什麼，表示我對她的話不同意。

白素不理會我的反應，只是十分平靜地說了一句：「勒曼醫院。」

本來，看胡說和溫寶裕的情形，他們也要不同意白素的意見的。可是白素一說了「勒曼醫院」，我們全都明白了，心頭一陣劇跳。

勒曼醫院那批超時代的醫生，早就掌握了無性繁殖的秘奧，複製人對他們來說，是輕而易舉的事，白素的意思是說，金月亮的身體，一直在密封的情形下得到保存，只要在她的身上，找到一個還有生命力的細胞，勒曼醫院就可以在實驗室中，通過培殖，製造出一個金月亮來。

當然，這個金月亮沒有記憶，一切要從頭學習，可是酋長未必會喜歡聽金月亮和匈奴大盜以及裴思慶的經歷，他只要有美女在懷，就會心滿意足了。

漢烈米又不明白，我道：「你去對酋長說，不，我和你一起去見酋長。」

我在這樣說的時候，向白素望去，白素居然立即點頭：「我也去看看，讓我們直接和酋長打交道，向他索取報酬，他一定會答應。」

漢烈米一蹦老高：「你們真有辦法讓這個嵌在水晶中的美女復活？」

白素說得很客氣：「試一試。」

溫寶裕連連跌足，他自然也想湊熱鬧，可是他也知道自己走不開，他叫道：「向酋長要那柄匕首，和那綑羊皮，不要別的。」

我白了他一眼：「這還要你提點嗎？」

我又用了最簡單的方式，向漢烈米解釋了勒曼醫院，聽得漢烈米的臉一陣青一陣白，像是吞下了一百公克的瀉鹽一樣。

溫寶裕自告奮勇：「我和勒曼醫院聯絡！順便問問，那個『人蛹』怎麼樣了。」

勒曼醫院本來設在瑞士，後來由於被我「撞破」了，他們自知行為太驚世駭俗，所以要保持極端的秘密，竟然搬到了格陵蘭的冰層之下，規模比以前更大。而且，他們也利用了本身的力量，在展開別的活動，例如怪異之極的「非常物品交易會」，就是由勒曼醫院幕後主持的。

我和他們發生了幾次關係，一次比一次融洽，所以他們給了我一個在芬蘭的電話號碼，那是他們的一個聯絡點，那電話二十四小時有人接聽，道明來意之後，會轉告勒曼醫院，自然有人來聯絡。

溫寶裕知道有這個號碼，至於他口中的那個「人蛹」，那是另外一個故事中的怪物，那個故事叫《密碼》，幾年之前記述過了。

撥通了電話之後，漢烈米又詳細詢問了有關「天國」的許多問題，我也需要他專家的意見。

漢烈米的意見是：「這一批女人的來歷十分可疑，她們的生活方式十分奇特，她們和一般遊牧民族不同，而且，似乎有十分異常的能力，還有，她們的文字，別說有人認得，連見也沒有人看見過。」

我笑起來：「你想暗示什麼？」

漢烈米吸了一口氣：「我自己也不知道，還有，她們的信仰，也與眾不同。」

我不同意：「信仰倒是大同小異的，她們和許多宗教的信念相同，都渴望可以升天。」

漢烈米望了我一眼，忽然道：「我記得你曾說過，人類的升天觀念，不是虛空的，而是一種實實在在的願望，總希望身體或靈魂能升天，是由於人類的祖先，根本是來自遙遠的另一個星體，所謂『升天』的觀念，只不過是一種渴望回歸故星的願望。」

漢烈米在這裏，用「故星」替代了「故鄉」，很令我有感慨。

我點了點頭：「這是事實，不論是什麼宗教，最終的結果，都是要人的靈魂，離開地球，得到回歸。」

漢烈米深深吸了一口氣：「外星人把自己星體的人留在地球上，是一個可能，外星人來到了地球上，和地球人結合，把第二代留在地球上，也是一種可能。一群曾接觸過外星人的地球人，明白了星外有星，天外有天，在外星人離去之後，也渴望升天，這又是另一種。」

溫寶裕插言：「是什麼使你想到了外星人？」

漢烈米的回答來得極快：「那女人身體被保存下來的方法，相信我，現代的科技，也無法把一個身體保存得如此完美！」

我沒有表示意見，因為到此為止，我還未曾親眼看到過那個被保存下來的女人。

約莫一小時之後，勒曼醫院的電話來了，是一個聽來十分愉快的聲音：「衛斯理先生？我值班，電腦資料說閣下對我們醫院來說，是一個十分重要的人物，有什麼指教？」

我忙道：「不敢，我想請問，一個人，死了一千五百年，可是身體保存得極好，被封密在一大塊人工合成脂之中，猶如琥珀，這個人是不是有希望複製？」

對方沉默了片刻，才道：「那要看實際情形，我們曾在實驗室中，成功地培殖出在琥珀中的甲蟲，可是就無法複製西伯利亞的長毛象，原因是由於甲蟲的甲殼上，有還可以再活的細胞。必須先看了這個人再說！」

我問：「你們願意試一試？」

那邊的回答是：「當然，這對我們來說，是一個新的挑戰。我們不會拒絕任何挑戰！不迎接挑戰，如何可以有新的突破！」

# 第十三部

# 勒曼醫院來的古怪青年醫生

我向漢烈米望去，漢烈米興奮得在發抖，連連點頭。我先道了謝，然後再道：「我們隨時聯絡。」

那青年人道：「告訴我們這身體在哪裏，我們會派人來運走。」

這本來是十分理想的辦法，可是三天之後，我、白素和漢烈米，在酋長的寢室之中，看到了金月亮之後，卻發生了一場波折。

一看到在大塊晶瑩透徹的「水晶」之中的那個美人，我和白素，就都立刻肯定那個美人，一定就是裘思慶叙述中的金月亮。

她極美，最異特的是，她被密封在「水晶」之中，當真是纖毫畢現，身上的汗毛，都看得清清楚楚，高聳的鼻子像是隨時會翕動，眼睛像是隨時會睜開來一樣。

完全有理由，在情感上相信這樣的一個美女，隨時可以活過來！

酋長在聽了漢烈米對我和白素的介紹之後，半信半疑地望着我。我提出了要把金月亮移到一處秘密地方去進行復活工作，酋長就咆哮了起來。

酋長大叫：「不！我絕不讓她離開，除非是我也一起跟着去。」

我冷笑：「絕無可能，算了。」

我一刻也不肯停，漢烈米嘆着氣頓腳：「想想別的辦法，想一想。」

白素道：「酋長或肯去問一問阿潘特王子，我們準備把身體送到勒曼醫院去，阿潘特王子會約略介紹這家醫院的神奇之處。」

阿潘特王子是阿拉伯世界中的大人物，酋長自然知道。這個王子曾受過勒曼醫院的好處，起死回生，現在十分健康。

酋長大聲呼喝，他的貼身保鏢，那個巨人，拿着電話進來。這時，我不禁有點憂慮，向白素望了一眼。因為阿潘特王子和勒曼醫院之間的事，酋長不一定知道，酋長這裏的事，王子也一樣不明白，他們兩個人的對話，可能牛頭不對馬嘴。

可是白素卻十分有信心地點了點頭，示意我不必擔心。果然，酋長在接通了電話之後，才一提起了勒曼醫院，王子就哈哈大笑：「酋長，你也終於要勒曼醫院的幫助了。」

酋長怔了一怔，問：「他們靠得住？」

王子的回答是：「靠得住之至，酋長，相信我，真神給了他們起死回生的能力！真正的起死回生。」

酋長的神情，驚喜莫名，他也不必再問別的什麼了，通話就此結束。

有了阿潘特王子的意見之後，酋長的態度，大大轉變。

事後，我問白素，何以會有這樣的把握，知道酋長和王子的通話，會對得上話？白素的回答是：「兩件事，都和生命的存在和結束有關，自然說起來，很容易對得上榫！」我還是不服氣，白素又道：「就算對不上，也沒有什麼損失的，對不對？」

我只好表示佩服——阿潘特王子和勒曼醫院的糾葛，是記述在《後備》這個故事之中的。

酋長同意了我們載走金月亮，我再度和勒曼醫院聯絡，同時準備了運載的工具——把整個水晶玉棺，放進了一隻大木箱之中，從酋長的宮殿到機場的運輸由酋長負責，一上了飛機，就由勒曼醫院負責。

以為勒曼醫院會派出好多人來，誰知道第二天，來的只是一個人，那是一個俊美得古怪的年輕人——說他古怪，是由於他身體的一切，都是完美的，當他和我握手的時候，我不禮貌地打量着他，古怪的感覺油然而生，他卻若無其事：「衛先生，我們通過電話！」

我記得他的聲音，兩次通話，都是他接聽的。酋長似乎很喜歡這個白種青年，帶着他去看金月亮，那時，我們都知道了他的名字是杜令。杜令醫生在見到白素的時候，念了一首惠特曼的小詩來稱讚白素。

當杜令醫生看到金月亮的時候，我留意到他的雙眼之中，有異樣的光芒，迸射出來。

我便問：「有沒有希望？」

杜令的回答是：「現在我無法回答這個問題——」他深深吸了一口氣：

「多麼美麗的女人！如果能在她的身體上，找到可以培殖的細胞，我們甚至可以令得她的腦細胞，在培殖成功之後，有局部的記憶。」

這是勒曼醫院的新成就之一，我不是第一次聽到，所以並不表示驚訝——我知道的是，勒曼醫院複製了著名的一個浪子，又把浪子潛意識中的愛情意識，轉移到了複製人的腦中，於是，出現了兩個浪子，一個當然已不再是浪子，愛上了一個美女，不知所終，另一個依然做他永不愛上任何女人的浪子。故事的經過，也相當曲折，重要的是，勒曼醫院的新成就，可以使複製人有記憶，有思想。

也正由於這個原因，所以勒曼醫院的行事，更加謹慎，絕不輕易製造複製人，像金月亮這種情形，十分特殊，他們自然樂於探索。

在上了飛機之後，杜令十分婉轉地道：「我一個人可以完全控制飛機。」

他是在拒絕我們和他一起前去，我略感不快：「你是什麼時候加入勒曼醫院的？」

我的意思是，我和勒曼醫院的關係相當久了，他可能是新來的，所以才會拒絕我同機前去。

他的態度十分好，笑着：「我們每一個人加入之前，都立過誓，絕不泄露有關個人的任何秘密，你看我，經過徹底的整形手術，不然，世上哪有看起來那麼好看的人！」

他在這樣說的時候，甚至還拉了拉他自己的臉皮，作了一個鬼臉。

我無法再堅持下去，望着他駕着載有金月亮的飛機，沖天而去。這時，酋長也在，他一直翹首望着，神情依依不捨之極。漢烈米在安慰他：「一直面對一具身體，不如分開幾個月，可以得到一個活生生的美人！」

酋長在祝禱：「願真神使這俊美的年輕人，真正有起死回生的力量！」

酋長點正我和白素作為他的貴賓，在他的王宮中住下來，我們沒有答應。

漢烈米留着陪他，我們回去。一路上自然討論種種發生的事，我道：「要是金月亮能復生，而且又有記憶，那麼，她一定能把一千多年前的事全記起來！」

白素淡然：「一千多年的事，和一分鐘之前的事一樣：都是過去了的事。」

她忽然有這樣的感慨，很出乎我的意料之外，一時之間，倒不知如何說才好。她忽然又轉了話題：「杜令醫生十分古怪，你覺不覺得？」

我一揚眉：「簡直古怪之極——最古怪之處，是古怪到說不出他究竟古怪在什麼地方！」

我的話，聽來不合理之極，可是白素大表同意，又強調了一句：「真是古怪。我想，勒曼醫院的種種工作，走在如此的尖端，一定另有原因。」

我有點吃驚：「你的意思是——」

白素笑了一笑：「只是我的設想——可能有外援，我的意思是，可能有外星人發現他們的工作，覺得他們的工作十分有意義，而加以援手！」

我哈哈笑了起來：「你以為杜令醫生是外星人？」

她瞪了我一眼，我忙高舉雙手，表示歉意，同時道：「有可能。」「有可能」這個詞，是放諸四海而皆準的，什麼事都有可能，天下沒有絕對不可能的事！

回到了家中，胡說和溫寶裕自然追問經過情形。事實上沒有什麼可以告訴他們的，他們自然不免失望。溫寶裕斜眼望着我，我知道他的心意，就冷笑問他：「如果你是我的話，就怎麼樣？」

溫寶裕認真想了一會，才道：「也真的無法可施，早幾年，還可以設法躲進那架勒曼醫院的飛機上去，現在自然也不會作這種無聊事了！」

我鼓掌：「大有長進，可喜可賀！」

胡說倒還沉得住氣，溫寶裕長嗟短嘆，杜令醫生說至少要三個月（那已經是新的快速培殖法）的時間，對性急的溫寶裕來說，自然難熬之至。

不過再難熬，也得熬下去，那是絕急不出來的事，杜令醫生在分手的時候，曾暗示過最好不要打擾他，一有了結果，自然會和我們聯絡。

自然，在這段時間中，我們各有各的活動——每天都有新的事發生，都不屬於這個故事的範圍，所以也不必細表。是在一百〇一天之後，才有了杜令醫生的消息。

之所以那麼肯定是一百〇一天，是因為溫寶裕每天都來一次，不論我在還是不在，他就在我書桌旁牆上，寫上一個數字。當電話鈴響，我聽到杜令醫生的聲音時，視線恰好落在牆上一百〇一這個數字上。

杜令醫生的聲音，有點古怪，他報的是喜訊：「一切理想之至，不過我先把這個消息告訴你，沒有通知酋長。」

我追問了一句：「有思想，有記憶？局部還是全部？」

杜令醫生足有二十秒鐘之久，沒有回答，我催促了幾次，他才道：「無法知道是局部還是全部——衛斯理，我們需要見一次面！」

即使沒有金月亮，單是和這個古怪的醫生見一見，我也大有興趣，所以我立時道：「好，地點是——」

他說了一個芬蘭北部小鎮的地址，我答應盡快趕到。當時白素不在，她晚上回來時，一聽就大是興奮，連聲道：「唐朝的女人復活了！」

我搖頭：「不能算是復活，只是再生！」

白素沒有和我爭辯，第二天我們就出發，沒有告訴胡說和溫寶裕到什麼地方去，且讓他們去胡思亂猜一番。

杜令給的地址，是一個只有百十戶人家小鎮的盡頭處，如果說這世界上還有世外桃源的話，那麼，北歐近北極圈外的一些小鎮，才是真正的世外桃源。

在白雪皚皚，湖光山色之間，洋溢着一片柔和的氣氛，人一到了這種環境之中，自然心平氣和，再也不會念及半分醜惡。

我們才走上幾級木梯級，那幢全用整齊的方木建成的房子的大門，已打了開來，杜令醫生當門而立，張開雙臂，對我們表示歡迎。

屋子中十分暖和，而且有木材的特殊香味，屋中的陳設，以各種厚厚而柔軟的羊皮為主，杜令先給我們斟了兩大杯很熱、香氣撲鼻的羊乳酒，然後，不等我發問，他就撮唇發出了一下口哨聲。

迎着口哨聲，一道氈簾掀起，娉娉婷婷，走出一個長身玉立的美人兒來。

我和白素都看得傻了——那美女穿着普通之極，可是艷光四射，她美目流盼，巧笑倩兮，和在水晶下的金月亮一模一樣，可是活色生香，究竟比靜止不動，要好看了不知多少！

她腳步輕盈地來到了我們的身前，雙腿微屈，看來是在行禮，姿態古雅美麗，白素忙伸手去拉她的手，她在這時，望向白素，一開口，居然是字正腔圓的英文：「夫人，你真好看！」

我的經歷也算得是豐富的了，真是，千年的貓，藍血的人，什麼場面沒有經歷過，可是一個一千五百多年前的再生人，一開口，居然是純正的英語，這也不免令我剎那之間，呼吸停頓！

我定過神來之後，第一件事，是十分佩服白素，她當然也呆了一呆，可是她立即道：「謝謝，你才好看。」第二件事，我立即向杜令醫生望去。

杜令有十分自得的神色，向金月亮指了一指：「在她的培殖過程中，嗯……在她的原有記憶的恢復過程之中，我們注入了新的記憶，使她可以適應一千五百年之後的生活，同時，也可以令她知道自己的處境！」

我聽得目瞪口呆：「你們的研究，竟然進步到了這樣的程度！」

杜令俊美的臉上，現出了理所當然的神情來，他道：「生物的可塑性十分大，想想看，所有的生物，都是從原生質進化來的，有着各種各樣的適應力，我們只不過把生命原有的能力，逐步釋放出來而已！」

杜令說來好像十分簡單，不是專家，自然也無法進一步去了解生命的內容。

我又打量着金月亮，她也用一種十分甜美的笑容望着我，我向她揚了揚手，打了一個招呼：「你好！你現在對你自己的了解，到了什麼程度？」

她沒有立即回答，我又道：「我對你的過去，有一定程度的了解。」

金月亮揚起了眉：「怎麼會呢？」

我道：「是從一個人的記述之中得知的，這個人，來自中土的長安——」

金月亮「啊」地一聲，神采飛揚，忽然改說中國話，帶有中州口音，她說的是：「哦！裴郎！」

她在這樣叫的時候，神情緬懷，而且也大有感情。在我和白素愕然之間，她又補充：「是他教我這樣叫他的！」

她是金月亮，這是再無疑問的事情了！不是金月亮，怎知道「裴郎」——當年，裴思慶在和她相處的旖旎風光之中，教她講長安話，教她使用昵稱，也是十分自然的事情！這時，我忽然聽得白素道：「醫生，你似乎也知道她的往事？」

我向杜令看去，看到他本來是一副恍然的神色，給白素一問，他才略怔了一怔，像是覺察自己有點忘形，他忙道：「在她記憶恢復過程之中，我們對她的記憶，曾有過記錄和探索。」

我大是驚訝：「這是一個怎麼樣的過程？」

杜令作了幾個手勢，最後抱歉地對我一笑：「只怕你不容易明白——記憶可以用波形的形式，具體表現出來，也可以在一定程度上還原。」

我盯了他片刻，知道他必然不肯作進一步具體的解釋，而理論上的假設，我自己也達得到目的，不必再去請教他。杜令也像是為了轉換話題，所以對金月亮道：「說說你現在的處境。」

金月亮甜甜地笑了起來：「我算是世界上最古怪的一個人了。早在一千五百年前，我已經死去，可是害死我的人，用一種奇妙的方法，把我的身體保存得十分之好，以至一千五百年之後，還在我的身體中找到了存活的細胞，使我可以再生。」

她對她自己的情形，當真再清楚也沒有了。而且，勒曼醫院「輸入」給她的記憶，也真不少，包括了許多現代知識在內。她接下來的話，聽得我和白素兩人握住了手，手心在冒汗。

她道：「我是被人在沙漠中發現，送到一個阿拉伯酋長那裏去的——」

她說到這裏，向我望來：「我是怎麼會在沙漠中躺了一千五百多年的？」

裘思慶離開天國的時候，把已嵌在水晶中的她帶走，這一節，她自然不知道，所以才有此一問的。我忙道：「很長的故事。」

白素道：「我們之間，肯定有很多故事要交換！」

金月亮吸了一口氣：「阿拉伯酋長愛上了我，想令我復活，正由於這個原因，我才有了再生，我要多謝你們兩位，你們是我再生的恩人！」

她說着，又姿態十分高雅地盈盈下拜——那顯然是中國唐朝的古禮。

我和白素忙道：「不必多禮，勒曼醫院，才是你的再造恩人！」

中國人說話之中，常有「再造之恩」的說話。金月亮如今能俏生生地踏在我們的面前，確然有不少人對她有「再造」之恩！

金月亮笑得十分歡暢——她的笑容，燦爛得如同陽光一樣。她道：「可是，我卻不會愛那個酋長，我見也不要去見他，我不要成為阿拉伯酋長的後宮女人，我要做一個獨來獨往的女人。」

就是這一番話，聽得我和白素兩人目瞪口呆的！

我們立時向杜令望去，杜令攤了攤手，現出一副無可奈何的神情來，壓低了聲音：「或許是我們注入她腦部的記憶太多了，令得她……變得太聰明了！」

我不禁發出了一下呻吟聲——勒曼醫院不但造出了一個再生人，而且，還可以決定這個再造人的聰明程度和知識程度！

他們掌握了生命的一切！

杜令向我眨了眨眼睛，像是知道我在想些什麼，他道：「每一個人有每一個人的思想，不受任何力量控制，我們想要她回到酋長的身邊，可是她不同意，她有她自己的主見，不受控制！」

聽得他這樣說，我大吁了一口氣，確然，雖然他們能控制生命的奧秘，但是不能控制人的思想。

金月亮活潑地說着：「我會選自己所愛的人，以前，匈奴大盜把我當女奴，大盜死了之後，我才體會到自由自在生活的可愛。我可以愛很多人，例如杜令醫生就很可愛！」

這個「胡姬」的作風相當大膽，一句話說得杜令醫生也不禁臉紅了起來。

我想起了一個問題：「那麼，酋長那裏，怎麼交代？」

白素嘆了一聲，像是怪我這個問題，問得太笨了。金月亮和杜令也笑了起來。我自然也立刻想到了！問題再簡單也沒有：有了一個金月亮，勒曼醫院可以製造出無數金月亮來！

杜令道：「另一個複製人已在成長中，不準備給她任何過往的記憶，只給她注入她是酋長的女人的意念。看起來雖然有點遲鈍，但酋長會極之喜歡！」

金月亮忽然向杜令飛了一個媚眼：「你呢？如果兩個金月亮叫你揀，你揀哪一個？」

杜令卻尷尬之極——顯而易見，他的這種尷尬，只是因為有我們在，如果沒有我們，這小木屋中，會有什麼樣的旖旎風光，也可想而知了！

一想到這一點，我不禁哈哈大笑，指着杜令，大聲道：「好小子，便宜了你！拿什麼來謝我！」

杜令神情忸怩：「你想要什麼？我叫金月亮把她所知的全告訴你！」

我大喝一聲：「那是她的事，她歸她，你歸你！」

杜令笑了起來，給我們看穿了真情，他反倒大方起來，痛快地道：「但有所命，無所不從！」

我側着頭看着他：「你這小子，我愈看，愈覺得你古怪，可是又說不出你古怪在什麼地方，你自己說吧，你有什麼古怪！」

杜令笑：「我哪有什麼古怪了？真的沒有，普通之極！請別疑心！」

我自然不肯就此罷休，瞪着他，金月亮這時也瞪着他，看來也很想知道他有什麼古怪——女人喜歡發掘男人的秘密，古今中外一致。

白素忽然道：「別胡扯了，杜令醫生哪有什麼古怪，我們說正事要緊！」

我呆了一呆，我和白素曾討論過，確認杜令有古怪，為什麼現在她忽然改口了呢？我一抬起頭來，便自恍然。我看到這時，只有白素在杜令的身後，而杜令的雙手，又放在身後。他一定向白素在打手勢。

由此可知，他確然有古怪，只是這時候不願意講出來，原因，不消說，是他不想金月亮知道他的古怪！這傢伙！

我沒有再追問下去，只是道：「既然另外有一個金月亮在成長，我可以設法盡量去安撫心急的酋長。」

杜令道：「請兩位來，要商量的這是其中之一，還有一件事，金月亮要告訴你們那柄匕首的故事，她說她是不肯透露那匕首的下落，死在一群女妖手裏的！」

我吸了一口氣，這個經過，我知道梗概，當時，絕想不到會有當事人之一來親自作補充！

金月亮要說的經過，我們已經在裘思慶的記載上得知了梗概，而且，那個侏儒，曾經目擊，所以並不特別驚訝，令我們感到怪異的是，她稱那些白衣女人為「女妖」，不知是什麼原因？

白素把我們的所知，迅速地講了一遍，金月亮聽得十分用心，她「啊」地一聲：「那矮子，對，我見過，我曾見過他，真是，那麼多年前的事，就像是昨天一樣！」

我道：「對你來說，根本就是昨天的事！」

金月亮吸了一口氣：「那群女妖，現在不知上哪裏去了？在沙漠中的遊牧部落都知道，有那麼一群女妖，生活在一個山谷之中，生活了幾百年，她們不老，不死，經常擄劫男人到她們那裏去，可是她們又不是很特別重視男人，她們自稱來自天國，努力想回天上去，只有一柄神奇的匕首可以幫助她們。」

我吸了一口氣：「可是她們卻又參不透這柄匕首究竟有什麼秘密！」

金月亮揚了揚眉：「她們終於得到了那柄匕首。從裴郎那裏得到的。」

我吸了一口氣，又對她說了裴思慶在沙漠中遇難，被女主救了的經過。聽得金月亮這樣形容那批白衣女人，我和白素互望了一眼，心中充滿了疑惑，白素問：「可是那柄匕首根本是在波斯王那裏的！」

金月亮說得十分鄭重：「真神賜給波斯王的。可是她們卻說，真神本來是要把匕首賜給她們的，由於她們之中，有人違背了真神的旨意，所以真神要留她們在沙漠，不讓她們升天，除非她們能弄明白匕首上的秘密——這些，都是匈奴大盜得到了匕首之後得知的。」

我嘆了一聲，傳說相當複雜——大多數，神和人之間發生關係的傳說，都十分複雜，這個傳說也不例外。

根據傳說看來，那些白衣女人和神之間的關係，相當密切，她們是可以「升天」的，只要能了解神的旨意就好了，而神的旨意，就在那柄匕首之中！

金月亮對裘思慶的一切，十分有興趣，當她聽到裘思慶臨走的時候，要帶着她一起走時，十分感動，有晶瑩的淚珠，自她的大眼睛中滾出來，在一旁的杜令醫生，用十分癡迷的眼光望着她。

# 第十四部

## 往事如煙，卻可以追尋

她語言哽咽：「裘郎是對我很好的，他好幾次央求我和他一起回長安去，可是我在沙漠中野慣了，所以沒有答應他，唉，這樣說來，裘郎是不幸在沙漠中遇難了！」

我忍不住冷冷地道：「你那個裘郎是卑鄙之人，他害了很多人，最後，可能還害了那批白衣女人！」

金月亮一昂首：「我不理會他是君子還是小人，他對我好，和他在一起，我們都快樂！他怎麼害那批白衣女人了？他有那麼大的本事？」

我悻然把裘思慶的行為說了，金月亮一聽，卻格格嬌笑起來，簡直笑得花枝亂顫，一面笑，一面道：「若是那群女妖，真的信以為真，那他倒是替我報了仇！」

白素忽然問：「你被處死的時候，有什麼感覺？」

金月亮道：「沒有，什麼感覺也沒有，就像突然睡着了一樣——」她說到這裏，忽然望向杜令：「是不是我失去了這一部分的記憶？」

杜令笑：「記憶是你的，我怎麼知道！」

金月亮又瞪了杜令一眼，那種眼波橫溢的妙目，杜令很有點不克自持的神情。

白素又望向杜令，問色授魂予的杜令：「那種透明物質的成分是什麼？」

杜令的回答是：「一種十分先進的高分子聚甲基丙烯酸甲酯。」

我和白素互望了一眼，心中十分疑惑，金月亮卻立時問：「那是什麼？在我的知識範圍之外？你能不能多注入一點記憶給我？」

杜令張開手：「不能，因為你已經完全成長了，以後，你想獲得記憶，就必須和普通人一樣，通過一個學習的過程，才能達到目的！」

雖然我們面對的事情詫異莫名，可是金月亮這個再生的唐朝胡女，和杜令這個來歷不明的古怪醫生，不時打情罵俏，倒也令人神清氣爽。

金月亮聽不懂杜令所說的那個專門名詞，其實並不是十分高深，那是有機玻璃的俗稱，也就是人工合成的一種透明體，十分普遍，並不是什麼珍貴的東西，但是這種人工合成的科技，還是近代的事，絕難想像唐代的中亞沙漠之中，會出現那樣高質量的有機玻璃——我見過，撫摸過，敲打過，在質感上，簡直和水晶一模一樣！

杜令接着，向金月亮解釋了這些，金月亮呆了一會，才問：「那麼……這些白衣女妖……究竟是什麼人？」

杜令指着她，手指幾乎碰到她的鼻尖：「別只是問，運用你的記憶，互相組合，產生新的記憶——這個過程，在人腦的活動之中，稱作『思考』！連電腦都會思考，人更應該不住思考！」

杜令「教育」金月亮的這番話，十分有理，我和白素聽得連連點頭。而金月亮也沒有一味撒嬌，認真思考起來，過了一會，她才道：「她們那麼早就掌握了這樣新科技，一定是曾有人教她們的！而教她們的人，遠比地球人進步，來自外星！」

杜令、我和白素，不約而同，一起鼓起掌來——金月亮那麼快就達成了這個推測，足證她的思考能力，十分高強。經我們一鼓勵，金月亮更是容光煥發，看來美麗無比，她忽然用力一揮手：「難怪在沙漠上，對她們有種種傳說，都神奇得很，說不定，她們本來就是外星人！」

白素在這時候，忽然說了一句我再也料不到她會說的話，她道：「要弄明白她們究竟是什麼身分，只要到她們住的地方去看一看就可以了！」

這句話，令我感到意外的是，因為我的第一反應是「怎麼找得到那地方」。可是，立即地，我看到白素在這樣說的時候，望定了金月亮，我就恍然了！

金月亮一直在那一帶沙漠四處活動，她是沙漠中的遊牧部落中人，又曾被那群白衣女人擄去過，是在「天國」被嵌入了有機玻璃之中的，而如今她又有着當時的記憶，要把白衣女人聚居的「天國」找出來，當然不是什麼特別困難的事！

金月亮也立時明白了白素的意思，她側着頭，想了片刻，才道：「我們在沙漠中生活的時候，一直被禁止接近那道沙溝，可是總有膽大的孩子，偷偷去看那道沙溝的奇景，我就是其中之一。所以，我可以找到那道沙溝——」

金月亮在這樣説的時候，神情還有點猶豫，我立即接了上去：「循着那道沙溝向下走，就可以進入白衣女人聚居的所在！」

金月亮奇訝地望着我，我道：「在裴思慶的記述中，提到過他進出的時候，都曾經過一道十分怪異的沙溝，可是他語焉不詳，不能具體明白沙溝的情形！」

金月亮「啊」地一聲：「他留下的記述很多？」

我點頭：「不少，白衣女人要他把一切都説出來，他記述下來的一切，我們已整理出來，可以完全交給你去慢慢看，他十分懷念你！」

金月亮的俏臉上現出了嬌艷的緋紅色來，這時候，杜令醫生又説了一句我意想不到的話。

杜令醫生説的是：「我們什麼時候動程？」

我足足望了他三十秒之久，才道：「我以為勒曼醫院的醫生，是除了醫院之外，對任何事物，都不再有興趣的！」

杜令醫生若無其事地回答：「我有私人的理由，而且我的行動，醫院的領導人完全同意。」

白素一揚眉：「你早知道我們見面的結果，會是到沙漠中去？」

杜令笑得有點狡猾：「這並不難推斷，是不是？」

我又盯了他半晌，這個英俊的青年，不但古怪，而且十分之不簡單，我沒有問他是為了什麼「私人的理由」，是明知問了也不會說的。我曾估計可能是為了金月亮，但隨即又推翻了我的假設。

金月亮甜甜地笑着：「隨時可以出發，應該算是典型的舊地重遊，可是我卻像昨天才離開一樣！」

金月亮兼有古代的記憶和現代的記憶，這種古今交雜的記憶，常在她的言行之間，自然而然流露出來，給人的感覺，自然十分怪異。

白素笑問杜令：「我們當然不必用普通的旅行方法，是不是？」

杜令呵呵笑了起來：「似乎沒有什麼可以瞞得過衛夫人，是的，醫院和很多國家有協議，特殊標誌的飛機，可以隨時進入！」

白素對於杜令的恭維，反應相當特別，她只是似笑非笑地望着杜令。她的這種神情，我一看就知道她是在說：小伙子，還有一件事，你是瞞過我的，可是，也不會一直瞞得下去！

白素的目光一點也不銳利，甚至極其柔和，可是自有一股逼人的力量，這時，杜令也不敢和她的目光接觸，避了開去。

勒曼醫院的飛機，設備齊全，十分舒適，而且在報出了一個密碼之後，各地機場的控制塔，都安排第一時間讓它通過和使用機場，所以我們得以最快地在沙漠中的一個小城市中降落，然後，改用早已安排好的直升機，照着金月亮所說的方向飛去。

金月亮在空中時，神情曾一度十分迷惑，她道：「我從來只是在駱駝背上辨別方向，沒有在空中認路的經歷，給我一點時間來適應。」

駕機的是杜令，他有着十分純熟的駕駛技術，當在一望無際的沙漠之中，出現了一座横直的峭壁，和許多險峻的山嶺時，金月亮叫了起來：「那就是匈奴大盜的巢穴！」

在裴思慶的記述之中，我也認識過這些山嶺和峭壁，裴思慶曾遇匈奴大盜，但是沒有追進去。

金月亮又指點了一會方向，突然吸了一口氣：「看，下面那道沙溝，和那座山！」

向下看去，看到有一道筆直通向一座山頭的溝，約有一公里長，杜令已經控制着直升機下降，使直升機恰好降落在那道沙溝的開始處。

一下直升機，我和白素，都呆了一呆，心中同時想到的是：不能怪裴思慶筆下記得不清不楚，事實上，眼前的景象，確然奇特無比，乍一看，我也無法形容得出來！

不錯，那是沙漠中的一道溝，愈向前走愈是深，溝的兩邊，沙粒都在動，可是又不向下落來，似有一股無形的力量，把沙粒迫住。

這種現象，十分怪異，現代人看到了也莫名其妙，古代人見到，自然會有各種傳說產生出來。

我一步跨進了溝中，溝並不寬，我伸手向溝壁的沙粒插去，手在插進沙中之前，我感到有一股相當強勁的氣流，自下面噴上來，就是這股氣流，阻止了沙粒的下落，形成了這個沙溝。

這時，金月亮和杜令，也來到了沙溝之中，杜令來到了我的身邊，對大是疑惑的我低聲道：「這條沙溝是人工建造的，由強大的自下向上噴的氣流形成！」

我不由自主搖着頭：「千百年來，一直有這股力量存在？動力的來源是什麼？」

杜令像是這個問題，根本不成什麼問題一樣，聳了聳肩：「或許他們發現了沙漠之中的某種潛在的能量——例如億萬沙粒在緩緩移動之際所產生的力量，那麼就成為永不衰竭的能源了！」

他的話，想像力十分豐富，也令人無法反駁，我急急向前走，白素跟在我的身邊，金月亮在我們的身後，她向杜令解説着：「我是被四個白衣女人綁着抬進來的，前面那座山，整座全是白玉，不知為什麼一直沒有人開採！」

杜令嘆了一聲：「地方那麼隱秘，不是你帶路，我也無法找得到！」

走到了沙溝的盡頭，就進入了山腹，先是十分狹窄的甬道，然後，突然開朗，就到了山腹間的一個大山洞之中——我立即可以肯定，這個山洞，就是裘思慶所記述，他經年累月，不見天日的那個！

早年，探險隊自然進入過，可是並沒有造成太大的破壞，許多大件的玉器都還在，山洞有裂縫通向山頂，光線可以透入，可是卻真的看不到天日。

而更令人怵目驚心的，是在一邊的洞壁處，一字排開，是許多具乾屍！

一路上來的時候，我和白素早把當年裘思慶留在那細羊皮上的記述，都説了出來，所以我們四人一看到那一列一色白衣的乾屍，就都「啊」地一聲，知道那正是那批白衣女人。

我的動作已經夠快了，可是杜令的行動更快，他幾乎以一百公尺賽跑的速度衝向前，我一把沒拉住他，真怕他會撞上那些乾屍。

他陡然收住了勢子，慢慢俯下身來，這時，我們看不到他的神情，可是從他的行動上，可以看出他這時的心情，十分沉重。

乍一來到這裏，等待發掘的事不是太多，可是我和白素都覺得杜令醫生的態度十分奇怪，我和白素交換了一個眼色，就知道各自心中的懷疑都是一樣的：這個古怪的杜令醫生，和這批神秘的白衣女人之間，似乎有着某種奇妙的聯繫！

然而，那又是不可思議的，所以我們都十分疑惑。而眼前那批乾屍又十分引人注意，所以我們都沒有再就這一點去思索。

那批乾屍，一色的白衣，白布罩頭，但有的頭罩已歪向一邊，現出頭臉來，她們全是女性，有着中等長度的頭髮，和瓷土一樣灰白的皮膚，由於乾燥，屍體只是乾，沒有變壞，她們的神情，也可以辨認，看起來，每個人都十分安寧。

而且，一下子就可以知道她們的死因——每一個乾屍的心口部分，白衣上都有一灘變成了深赭色的血漬。

她們竟然相信了裴思慶的話，真的用那柄匕首刺向自己的心口自殺！

這十分令人吃驚，雖然從排列得整齊和安詳的神情來看，她們都不像是有過什麼痛苦，可是那樣的情形，畢竟十分令人吃驚！

她們竟那麼輕信裴思慶的話，裴思慶評她們「其蠢如豕」，那也真不是錯評了她們！

我和白素來到了那一列乾屍之前，數了一數，和侏儒所說的數字一樣。這時，我留意了杜令一下，看到他的神情，十分肅穆，他正緩緩挺直身子，忽然，他轉過身來對我說：「中國人稱死亡叫升天或是歸天，是不是有什麼特殊的意義？」

一時之間，我不知道他這樣問是什麼意思，所以只是隨口回答：「沒有什麼特別的意義，是說人死了之後，靈魂會歸天，所以才這樣——」

我才說到這裏，便陡然明白了杜令這樣問我的意思，我立時道：「等一等，你想證明什麼？這些白衣女人一直渴望升天……可是她們現在是死了，因匕首刺入心臟而死！」

杜令的語聲十分平靜：「是你自己說的，人死了之後，靈魂升上天，就是升天！」

我用力一揮手：「那只是有此一說而已，如何當得真？」

杜令的回答，令我為之氣結：「又焉知當不得真？」

我望着他，心中疑惑之極，不知他究竟是什麼路數，杜令卻已走向一個玉質的台，那台上有一個玉槽，他指着那個槽，向金月亮道：「裴思慶當年，一定是躺在這個槽中敘述他自己的生平的！」

金月亮蹙着眉：「他提及身子浸在綠色的水中，又有一種十分美味的酒，不知道還有沒有？」

杜令對這裏的一切，像是比我還要熟悉，他居然道：「更多的秘密，一定在侏儒曾提及的那個山洞之中，我們去找一找！」

他説着，向我望了過來，我這時，留意到在那一排乾屍後面的洞壁上，在潤白的玉上，寫着一行字，每個字都有手掌般大小，也是用硃砂寫的，顯然是十分重要的留言。可是也是用那種古怪的文字所寫的，無法明白那是什麼意思。

白素拉着我的手，我們一起向洞外走去，不一會，就來到了一個山谷之中，看到了一間十分簡陋的石屋——那侏儒的住所。

杜令在山谷中站了片刻，白素在這時向我低聲道：「你看，杜令醫生的行動，有點古怪，他像是和這裏，早有聯繫！」

我立時道：「我也有這樣的感覺，可是卻想不出有這個可能的道理來！」

白素微笑：「別大驚小怪，看下去，這個古怪醫生何以古怪，或許就可以有答案了！」

我們正説着，已看到杜令醫生，像是突然之間有了發現一樣，身子向左一轉，大踏步走了過去，來到了山壁之前，一伸手，推開了一大塊石來，就走了進去！

金月亮轉身向我們招了招手，也走了進去，我和白素訝異莫名，也急急走過去，才到了洞口，就看到那是和剛才的山洞差不多大小的一個山洞，山洞的一角，堆着一些不知是什麼東西的金屬鑄品，有的像是一些機器，有的像是箱子，杜令正大踏步地走向那堆東西，他打開了一件八角形物體的門，自裏面提出一隻小小的八角形箱子來。

這時，不單是我和白素，連金月亮也看出來了，她叫：「杜令，你到過這裏的！」

杜令手中提着那八角形的箱子，緩緩轉過身來，再也想不到，他的回答，竟然如此直接，他道：「不，我沒有到過這裏，我的祖先到過！」

我想問，白素輕輕推了我一下，示意我別出聲。果然，不必我問，杜令就說了下去：「我祖先到這裏，和一些地球上的女人結合，你們才看到過的那些屍體，就是他們的後裔，她們都知道自己的真正來歷，可是卻不知道如何上天去追尋她們的根！」

一群被遺棄在地球上的外星人和地球人結合而產生的遺孤！一直想「升天」，卻一直達不到目的！她們的能力自然比地球人強，例如不會老，會使用這山洞之中，外星人留下來的裝置，可是她們是被遺棄的一群！

杜令的話，令得我們三人都屏住了氣息，杜令向白素和我望了一眼，笑了一下：「她們的父親臨走的時候，留下了那柄匕首，告訴她們，要升天，就得參悟匕首的秘密，可是她們參不透天神留下的匕首，這種傳說傳了開去，她們又時時招惹外來的男人，其中有一個男人，盜走了匕首，獻給了波斯王，可是若干時日之後，匕首又來到了她們的手中，她們還是不知道其中的奧秘，直到裴思慶的話，提醒了她們！」

我陡然叫了起來：「你想說什麼？」

杜令笑：「不擺脱身體的羈絆、記憶——你們所說的靈魂，何以升天？」

我奇訝得說不出話來，杜令揚了揚手中的那箱子：「我們並沒有忘記她們，我就是被派來找她們的，可是卻沒有詳細資料，我參加勒曼醫院完全是偶然的，想不到卻達成了任務，她們全在這裏面，我可以把她們帶回去！」

那批白衣女人的靈魂，在這八角形的箱子之中！

我感到有點暈眩，金月亮在這時，叫了起來：「杜令，你不是人！」

杜令笑着：「月亮，你又何嘗是人？」

他們兩人一起快樂地笑着，我覺得笑不出來，可是白素居然跟着他們一起笑。當我向白素望去的時候，白素向我作了一個手勢，我明白她的意思是在說：「一切不是都很好嗎？」

（全文完）

衛斯理小說典藏版　61

# 毒誓

作　　者：　衛斯理（倪匡）
責任編輯：　徐敏華　　楊紫翠
封面設計：　李錦興
出　　版：　明窗出版社
發　　行：　明報出版社有限公司
香港柴灣嘉業街18號
明報工業中心A座15樓
電　　話：　2595 3215
傳　　真：　2898 2646
網　　址：　https://books.mingpao.com/
電子郵箱：　mpp@mingpao.com
版　　次：　二〇二二年八月初版
I S B N：　978-988-8828-06-7
承　　印：　美雅印刷製本有限公司

© 版權所有 · 翻印必究

本書之內容僅代表作者個人觀點及意見，並不代表本出版社的立場。本出版社已力求所刊載內容準確，惟該等內容只供參考，本出版社不能擔保或保證內容全部正確或詳盡，並且不會就任何因本書而引致或所涉及的損失或損害承擔任何法律責任。

• 衛斯理小說典藏版 61 •

# 毒誓

衛斯理
親自演繹衛斯理
《毒誓》

# 新之又新的序言，最新的

衛斯理小說從第一次出版至今，歷時已近半世紀，總共出了多少正版，還能計得清，若是連盜版一起算，那就算找外星人來算，也算勿清楚哉！不知能不能也算世界紀錄。

算得清好，算勿清也好，能幾十年來不斷出新版，說明不斷有讀者加入，對作者來說，沒有更值得高興的事了，謝謝所有喜歡衛斯理的人，謝謝謝謝。

倪匡

二〇二〇年六月四日 香港